DEL ORIGEN DE LA LUZ

DEL ORIGEN DE LA LUZ

Renato Bettio

ola
PUBLISHING
INTERNACIONAL

Hola Publishing Internacional
Eugenio Sue 79, int. 4, Col. Polanco
Miguel Hidalgo, C.P. 11550
Ciudad de México, México

Primera edición, Mayo 2024
ISBN: 978-1-63765-612-9
Número de control de la Biblioteca del Congreso: 2024910320

ÍNDICE

La Luz

Hacía ya mucho tiempo desde el día en que La Luz había llegado al pueblo. Fue algo inesperado su primera aparición, pues sólo era posible ver su resplandor en la punta del cerro, en las noches sin luna.

El cerro es un boquerón de algún volcán apagado y para llegar a la cima hay que subir unos mil metros, empezando desde el final de la Calle del Calvario, en donde se divide en dos: por el lado izquierdo baja una vereda hasta las viejas pilas de lavar la ropa que ha usado la gente desde tiempo inmemorial; por el lado derecho está el puente Marie Pilar que cruza la quebrada que corta en dos al pueblo. Nadie sabe por qué el puente llevaba ese nombre, pero ahora el pueblo lo conoce como el puente de María del Pilar, pues era difícil pronunciar el nombre Marie y lo cambiaron por María. Desde este pequeño puente, adornado con una balaustrada y los rostros en relieve de dos mujeres jóvenes enmoldados en la curva del arco central del puente, hay que subir los mil metros por la cuesta del Chagüite y bordear el pequeño río que baja desde la cima del cerro y desemboca en la quebrada. En su bajada, el pequeño río forma pequeñas cascadas y pozas que desde siempre han servido de diversión a los lugareños. Ya cerca de la cima se empiezan a percibir los vestigios del volcán, pues, de repente, a la vuelta del camino, aparecen pequeños ausoles con sus yesos o barros de colores y pozas de agua caliente escarbadas en las grandes rocas volcánicas.

Nadie, ni las comadres del mercado, que siempre saben lo esencial, podían decir exactamente cuándo había llegado La Luz al pueblo. Se tenían vagas ideas de su principio, los más viejos del pueblo sostenían que ni el radio ni la televisión habían hecho su entrada en la vida de las gentes cuando ya La Luz podía percibirse y al preguntarles al respecto ellos contestaban:

—Uy, ese resplandor ya estaba ahí mucho antes que el presidente Manuel Enrique y, según mi mama, don Manuel Enrique subió el Chagüite una noche para conocer La Luz y cuando bajó al pueblo proclamó que iba a lanzar su candidatura a Presidente de la República.

La fama de La Luz empezó a salir de los confines del pueblo y llegó hasta la capital. Cierto día arribó al pueblo un grupo de soldados al mando del teniente coronel Chebo Monterrosa, ya que, según las normas de aquellos tiempos, el sólo llegar a teniente coronel era ya cualificación suficiente para poder dar un Golpe de Estado y ocupar la presidencia de la república. Monterrosa no pudo ocultar su más íntimo deseo cuando se enlistó como recluta de soldado en el ejército del país.

Monterrosa era del occidente, de una familia pobre en un pueblo pobre. Su ambición le exigía presionarse para llegar a su meta cuanto antes. Se inscribió en una escuela nocturna y sacó su bachillerato con magníficas notas; subió en los rangos militares y obtuvo el de teniente coronel a sus treinta y siete años de edad. Desde entonces ocupaba su curiosidad el Diccionario de la Lengua Española de la Real Academia, de donde él memorizaba palabras nuevas para incrustarlas en su vocabulario, pues decía que un presidente necesita tener la más alta cultura posible. En sus arengas a la tropa, hablaba como un arzobispo y esto le servía mucho para apantallar y mantener el orden.

Cuando él y sus soldados llegaron al pueblo, reunió a su tropa en el Parque Central y no se ocupó de anunciar su llegada ni al alcalde ni al cabo del puesto de la Guardia Nacional, pues según él esas personas eran ya, o serían muy pronto, sus subalternos y tendrían que obedecerle. En su arenga a los soldados y para explicarles el motivo de su visita al pueblo, Monterrosa engoló la voz y dijo:

—Nuestra misión en estos lugares es tan esencial como lo es el hallazgo de lo inesperado para resolver el misterio de este percance, pues se supone que el contacto con La Luz puede dotar al favorecido con talentos importantes para gobernar. —Al terminar su arenga, los soldados le aplaudieron y él les favoreció con una ancha sonrisa.

Cuando Monterrosa se dirigía a saludar al alcalde, los soldados le preguntaron a uno de ellos, Tulio Gavidia, quien por haber terminado la escuela primaria ya sabía leer y podría responder a sus preguntas:

—Mirá, Tulio, ¿y qué quiere decir "requiere"?, ¿y qué es un "percance", vos?

Tulio respondió lo mejor que pudo:

—Requiere significa querer dos veces, pues ya ves cómo el teniente coronel ha estado buscando La Luz por mucho tiempo. He oído decir que percance es una fruta cachimbona, pero que sólo crece en Guatemala.

Los soldados se quedaron satisfechos con dicha explicación y se alistaron para subir el cerro. Para tal menester, Monterrosa había preparado unos sacos de yute embarrados con brea y alquitrán en su parte interior, pues su razón le había hecho deducir que como La Luz puede escaparse por los hoyitos entre las fibras del yute, los sacos embarrados iban a impedir ése percance. Los sacos eran de boca ancha y sus cuellos iban reforzados con pretinas de manta que llevaban cosidas un número de porta cinchos del mismo material y por los cuales se pasaba una soga de yute para, en su momento y cuando los sacos estuviesen ya llenos de La Luz, hacer rápidamente un nudo y atrapar grandes porciones de La Luz sin que pudiese escapar.

Según Monterrosa, La Luz podría sacarse de los sacos poco a poco y repartirse entre aquellos que serían de su favor cuando él llegase a la presidencia. La idea era que cada soldado llevase dos o tres sacos y que al llegar al resplandor de La Luz se abrieran los sacos rápidamente para atrapar, en cada saco, la mayor cantidad posible de su resplandor.

Los soldados llegaron un mediodía lluvioso, oscuro y con ventarrón. Habían llegado también al pueblo noticias de ríos desbordados y zonas inundadas en los cantones y valles en las partes bajas de la costa. Los soldados contestaban, "Estamos apurados", cuando se les sugería desistir, temporalmente, de la subida al cerro por la amenaza de la tormenta.

Como a las cinco de la tarde, cuando la tropa llegó al puente María del Pilar para empezar la subida del boquerón, ya todos estaban empapados y los sacos pesaban más de lo debido. Pero, obedientes, iniciaron la caminata lentamente, pues la lluvia arreciaba por momentos y a mitad del camino se encontraron con más dificultades, pues el río ya crecido rebalsaba sus orillas o bordes, que sirven a la gente como veredas para subir el Chagüite. Las botas, ya empapadas, se llenaban de lodo que hacía más difícil el avance, pero la tropa estaba empecinada por llegar a la cima y llevarse en sus sacos los racimos de La Luz para, según ellos, llegar a ser mejores.

A unos cien pasos del principio de los ausoles, la furia del tifón se derramó contra ellos. El bramido del viento era ensordecedor y los árboles empezaron a doblarse y a perder sus ramas ante la fuerza del viento. Una de esas ramas encontró la cabeza de un soldado y lo derrumbó, a pesar de su casco. El terror empezó a llenar el ánimo de la tropa y Monterrosa se dio cuenta que su misión era ya en vano, pues se dijo a sí mismo, "¿Cómo se puede embolsar ni siquiera un cuartillo de La Luz con tanto viento?", y aunque la noche ya estaba cerrando, la tropa inició la bajada de la montaña con tantas penurias como la subida. Las veredas estaban resbaladizas y dos de ellos cayeron a una de las pozas, pudiendo salvarse usando los sacos como flotadores. El soldado herido necesitó ayuda para bajar, agarrado a dos de sus compañeros que le sirvieron de guía y de báculo.

La tropa llegó al Parque Central como a medianoche; no había nadie en las calles. El tifón, detenido un poco por las montañas que rodeaban el pueblo, derramaba su impotencia con torrentes enormes de lluvia que formaban ríos en las calles empedradas y que bajaban veloz y furiosamente por lo empinado de las calles.

La tropa sacó su ración de sus mochilas y comió, silenciosa, en el kiosco del parque hasta que Monterrosa dio la orden de salir hacia la capital a pesar del vendaval y los peligros del camino. Subieron todos al vehículo militar en el que habían llegado, salieron lentamente del pueblo y se perdieron en la noche.

El pueblo no volvió a saber de Monterrosa. Eventualmente llegaron noticias de que había intentado un golpe de Estado en contra del presidente, pero la rebelión de un cuartel leal al presidente le cerró todos los caminos.

Cayó prisionero y fue encerrado en la cárcel de su mismo pueblo hasta que un nuevo presidente, amigo de Monterrosa desde sus años como recluta, le dio amnistía y lo dejó retirarse con su familia a la capital.

Todo el pueblo decía que a La Luz había que acercarse sin violencia, sin ambiciones, con la mente limpia para aprender lo que tuviera por enseñar. De estas pláticas salieron las razones para iniciar peregrinaciones hasta la cima del boquerón. Se empezaron a organizar dichas marchas según los fieles de las distintas religiones del pueblo, ya como cofradías o como capítulos. Se pedían contribuciones para poder comprar preseas que pudieran agradar a La Luz, pero los más listos, descarados, pícaros o abusivos se quedaban con la mayor parte de tales contribuciones. Así se veía subir, "para poder alcanzar La Luz", a los aspirantes a alcaldes, diputados o gobernadores.

Cierta vez, los amigos mareros de Paco Luna le convencieron para subir al boquerón. Ellos iban con la intención de robarse un jirón de La Luz y ofrecerla, a un buen precio, a los otros malandrines del pueblo. Paco acababa de salir de la cárcel, en donde fue encerrado por haberse robado una bicicleta. Sus amigos se decían que, si Paco alcanzaba aunque fuese un poquito del resplandor de La Luz, eso podría ser suficiente para cambiar su vida de pillaje. Paco los acompañó hasta el punto donde estaba una pequeña cascada y una poza de buen tamaño y profundidad, y pronunció ahí estas palabras lapidarias:

—Yo aquí me quedo, pues aquí estoy galán y cachimbón y no necesito nada de La Luz; váyanse ustedes y yo me regreso al pueblo cuando me aburra y me dé la gana.

Incluso las iglesias empezaron a tomar parte en el asunto, pues había pasado a ser un elemento esencial en la vida del pueblo y se temía que La Luz pudiera interrumpir, o peor aún, contradecir disposiciones religiosas. Por fortuna llegó al pueblo un sacerdote español, quien con una educación obtenida por su vocación intensa y su gran inteligencia explicó en un sermón en la iglesia del pueblo:

—Mi limitado entendimiento de La Luz me indica que no contradice ni un ápice el dogma de mi Fe —con esto, el misterio de La Luz se hacía profundo o superficial, según era la composición de cada conversación sobre ella.

Empezaron a llegar al pueblo los letrados del país: Maestros de la Universidad en las cátedras de Filosofía, Física, Química, Meteorología, Estudios de lo Oculto y otros. Todos daban explicaciones según su cátedra y finalmente acordaron formar la Comisión Nacional para el Estudio de La Luz. Se empezaron a publicar libros llenos de sus razonamientos para explicar el origen y el motivo, pero jamás uno de ellos se atrevió a subir al boquerón en la noche para contemplar en sus espíritus y sentir en la punta de sus nervios la presencia de La Luz.

Los años fueron pasando y contemplar el resplandor de La Luz por un pueblo que se había acostumbrado a su presencia se hacía cada vez menos necesario, hasta que explotó el Conflicto con la elocuencia de mil trompetas: vino la Guerra Civil con su acostumbrada e insaciable mortandad. Ahí cayeron setenta y cinco mil muertos y quedaron doscientos sesenta mil víctimas entre viudas, huérfanos y heridos.

El pueblo no se salvó de las sombras de la muerte. Muchas veces había enfrentamientos entre los bandos contrarios, siendo teatro de las escaramuzas y tiroteos el centro del pueblo y al final de las balaceras podían contarse cuerpos de hombres jóvenes, acribillados en las sendas y los arriates del Parque Central. Alguien hizo un poema sobre esa vista macabra, haciendo ver que en nuestra sangre hay vestigios de una raza cimera, la Maya Lenka, que se estableció en las laderas de la montaña que hoy ocupa el pueblo. Tal poema aún está enmarcado en una de las paredes de la alcaldía municipal.

La guerra duró doce años. El desastre económico del país fue profundo, aun para un pueblo estoico que ha vivido en la pobreza desde sus principios históricos. El éxodo hacia el norte fue obligatorio para muchas familias que habían perdido sus deudos en el Conflicto. De este éxodo en el que iban miles de huérfanos, saldría, algún día, el cono de la violencia con sus pandillas o maras y sus ultrajes a la inocencia de los jóvenes que se negaban a ser miembros de tal o cual pandilla; sus violaciones a las muchachas jóvenes; sus amenazas a los que se oponían al soborno, amenazas que casi siempre se cumplían con el asesinato de algún familiar o algún empleado, de aquél que se resistía al soborno.

Un presidente gringo deportó a miles de estos jóvenes que sólo conocían la maldad, el sacar ventaja de cualquier situación sin ningún espíritu de renovación, sin miramientos para quitarle la vida a un ser humano; expertos en la venganza y siempre esperando vivir del trabajo de los demás. El nombre del presidente gringo se leía en las esquinas de una calle de la capital, hasta que llegó un gobierno sin ninguna simpatía por el "regalo" de miles de pandilleros que el presidente gringo había dado al país y arrancaron todos los letreros o signos con su nombre y los tiraron a la basura.

—Que es en donde deberían de estar —fue la tajante explicación del gobierno.

Por esos años, el resplandor de La Luz se percibía más intenso.

—Algo está pasando —decían los ancianos del pueblo.

—Esperemos que sea algo bueno —decían las comadres que siempre saben más de lo que dicen.

Un día como cualquier otro, domingo, por cierto, al irse sumiendo la tarde se vino el rugir de la tierra. Los testigos dijeron que oían como si grandes pedazos de la montaña cayeran en un lago profundo pero invisible. El chapaleo producido por el fenómeno era aterrorizante y la gente perdió la esperanza de salir con vida de tal cataclismo. El terremoto duró nueve minutos y arrasó con todas las casas del pueblo. La iglesia colonial y su campanario, orgullo del pueblo, se destrozó casi en el aire y su gran campana fue a caerle a una maestra de la escuela primaria. Un empleado del juzgado, cuando estaba él en su momento preciso, se derrumbó con su asiento y cayó en la fosa séptica que se había desgarrado y expuesto por la violencia y fuerza titánica del sismo. Tal caída le salvó la vida y él solía repetir un refrán, que "jamás se enojaría con ninguno que lo insultase e hiciese referencia a su afortunado y oloroso episodio".

Murieron diez mil personas. Por tres meses hubo un bloqueo militar de toda la zona que duró hasta que se hubieron removido y enterrado los cadáveres y limpiado los escombros. Durante esos días de irremediable pérdida, el resplandor de La Luz fue más intenso y espeso, como jamás se había visto. La ayuda internacional fue pronta y efectiva. Los gringos, como siempre, fueron los que más donaron, pero, como siempre, gran parte de esa ayuda se escurrió entre las manos y los bolsillos de los "representantes del Estado". La reconstrucción fue lenta y dolorosa. Las familias italianas y suizas que se habían establecido en el pueblo por su clima magnífico y las riquezas encerradas en sus cafetales cerraron para siempre sus viviendas y se perdieron de la historia del pueblo. Hubo valiosas y queridas excepciones en dos o tres familias suizas y en cuatro o cinco familias italianas que se quedaron a compartir con ellos la desgracia o la fortuna del pueblo. El magnífico resplandor de La Luz, en esos días aciagos, era innegable, parecía que la montaña tenía prendida una gran antorcha para servir de guía o para traer un poco de calor a la esperanza y hacerla sentir superior a la miseria.

La reconstrucción duró seis años. Las compañías peruanas encargadas de la reconstrucción hicieron cosas magníficas, pues todas las casas fueron construidas antisísmicas con columnas de hierro y bloques de cemento, techos de duralita o asbesto y drenajes apropiados en todas las casas; todas las fosas sépticas se cerraron para siempre y facilidades como agua potable y luz eléctrica auguraban una vida más próspera. Pero también se cometieron terribles errores, las calles rectas del antiguo pueblo se borraron y fueron reemplazadas por una curva que no termina en ningún sitio. El viejo Parque Central, ideal para ceremonias, en donde se iban a conocer los jóvenes del pueblo y a destripar cascarones de huevos pintados y llenos de confeti o de coróz en las cabezas de las cipotas más bonitas los días de Semana Santa, o para ir en las amables tardes a patinar por sus sendas de ladrillos esmaltados que formaban figuras geométricas y que era una herencia dejada al pueblo por Manuel Enrique, fue completamente demolido y reemplazado por algo increíble: los ladrillos esmaltados se removieron y fueron cambiados por una capa de cemento burdo; el Kiosco, donde tocaba una banda municipal los fines de semana y alegraba las tardes y los principios de las noches, fue derribado y sustituido por algo inaccesible; las entradas y las salidas del antiguo Parque fueron trocadas por entradas sin salida y por salidas sin entrada.

No había explicación para todo eso, pero el pueblo, agradecido por su reconstrucción, no hizo reclamos y se resignó a los cambios que ahora veía en su antiguo y bello pueblo.

Años después del terremoto y de la Guerra Civil, llegó la invasión de las pandillas. Poco a poco fue cambiando el ambiente de la cultura nacional: ideas y palabras no reconocidas anteriormente empezaron a hacerse parte del jargón juvenil; se hablaba de "la droga" o de "la mara" con la puerilidad del inocente o ignorante, sin percibir que se estaba discutiendo la virtud de la vida o la posibilidad de la muerte. La falta de respeto a los mayores se hacía más notable, podían verse, en la televisión, imágenes de jóvenes pandilleros rodeando con su jauría a un pobre hombre de unos cincuenta años de edad y destrozándolo a patadas en una calle de la capital después de haberlo humillado; dándole pescozones antes de derribarlo al suelo y terminar su misión de aprendizaje y entrada en la pandilla como miembros leales.

Los asesinatos se hicieron incontables. Era temerario salir por las noches en cualquier pueblo o ciudad del país. Se percibía que el criminal tenía más derechos que sus víctimas y la frustración empezó a hacer mella en la fuerza espiritual del alma nacional.

El rescate de aquel pueblo abandonado se veía lejano, habían llegado a la presidencia de la república hombres sin escrúpulos, falaces, nefastos, fraudulentos, mentirosos y ladrones. Don Gustavo Padilla, el viejo sabio del pueblo, había dicho muchas veces:

—No hay nada más bajo, criminal y malvado que robarle a un pueblo pobre —pero ahí estaban los de siempre con su arrogancia inaudita, su astucia para hacer el mal, expertos en excusas y siempre llenos de promesas que nunca se cumplían.

Algunos de ellos, después de haber saqueado el erario nacional, habían comprado la nacionalidad de un país vecino para evitar cualquier persecución que pudiera socavarles algo de su honor. Uno de ellos, antes de salir del país, dijo lo que estaba en la esencia de su alma cuando alguien le hizo preguntas acerca de sus robos:

—¡Si estos babosos no merecen nada, hombre! Yo, con mi pisto, puedo comprar otra vez la presidencia si me da la gana.

En el pueblo, La Luz, en lugar de dar signos de cansancio, hizo su fulgor más aparente e iluminó el boquerón como un pequeño sol. Las gentes sonreían al verla, pues sabían que tenían en su seno algo único, reservado para los valientes en el infortunio; para los héroes en la conquista de la vida; para el pensador o poeta que adivina el universo y ensancha los horizontes de los hombres. Se percibía, se sentía, que estaba cerca un tumulto, una protesta, una tormenta social para enderezar el rumbo, para sostener la historia y la esperanza de un pueblo acostumbrado al sufrimiento, al hambre eterna, a caminos sin salida...

Así las cosas, La Luz no se movía de su sitio, cambiaba un poco su fulgor de acuerdo con el sentimiento nacional, pero siempre parecía hermanarse con el regocijo y la alegría, así como también con el terror y la desesperanza, haciéndose más tenue en los días felices y más lozana en los días de angustia. Nunca se le dio un nombre a La Luz, pues según el pueblo no lo necesitaba, ya que todo el mundo sabía quién era y dónde estaba. La Luz no requería de guardias, cercados o murallas para su seguridad, cualquiera que tuviese confianza y llevase en su rostro la impostura que da la nobleza del alma, podría acercarse a ella en medio del silencio de la noche y con suerte bajar de la cima del boquerón con un mejor entendimiento de lo valioso que es el hombre. Atónitos los cerebros que habían buscado explicación a este maravilloso fenómeno no supieron jamás cómo encontrar la sencillez que da la sabiduría.

Por fin llegó lo anticipado, lo que era requerido del país para entrar sin empujones en la conversación de los pueblos libres. No más tiranías, no más robos, no más corrupción de la justicia, no más temor de caminar en nuestras calles en mitad de la noche, no más hambre para los pequeños que entraban en las escuelas a aprender lo que es nuevo, a respetar lo que es viejo con olor a eterno, a divisar un ancho y largo horizonte, a alegrar los caminos con sus risas, a llevar en sus vidas la constante impresión de que todo puede cambiar en un instante; a sentir que está en ellos la única solución basada en la verdad y no en el pillaje, la arrogancia e insulto hacia los pobres y el robo descarado de lo poco que se tiene en el país donde nacieron.

La Luz permaneció incambiable. No podía adivinarse cuál era el significado de esa manifestación que había iluminado las mentes de los más honestos desde el nacimiento de la nación, hacía ya más de doscientos años; pero era perceptible su presencia en los tratos amistosos o en argumentos belicosos de nuestra gente. Los que tienen algo de fe pueden decir, aunque no lo entiendan, que siempre será así y que el secreto sólo se abriga en la mente de muy pocos, aunque muchos aspiren a ser uno de ellos.

DEL ORIGEN
DE LA LUZ

Capítulo I

Dos genios de Flandes
Un hallazgo distante

En un pequeño laboratorio de la Facultad de Física y Química, en la Universidad de Brujas, Bélgica, hablaban en voz baja, intercambiando ideas, dos seres extraordinarios, de origen flamenco y profesores de la Universidad. El motivo de sus conversaciones, además de exponer los problemas rutinarios y diarios de la Facultad, se cernía en ciertas noticias que habían llegado a sus oídos sobre un fenómeno encontrado en un pequeño pueblo de Centroamérica que consistía, según las noticias, de una luz persistente, pero cambiable en su intensidad y localizada en la cumbre de un cerro, vestigio de un antiguo volcán que hizo erupción miles de años antes. Estos dos seres extraordinarios, con la curiosidad del científico y la humildad del sabio, discutían las posibilidades que pudiesen haber dado origen al fenómeno conocido ya como La Luz. No entraban en esas discusiones las teorías adelantadas por mentes inexpertas o embutidos de fanáticos con la necedad del ignorante o del predicador charlatán y farsante que auguraba el final del mundo ni tampoco se gastaba saliva en mencionar lo improbable o no corroborable por el cálculo y la ciencia como "milagros" o "invasiones por seres fantásticos llegados de galaxias distantes".

La mente de estos dos seres, estricta en seguir el orden de la lógica, los había convertido en facultativos distinguidos en su disciplina de investigación de las cualidades que los elementos o metales súper pesados imparten a objetos hechos de estos metales cuando se trasladan de punto A al punto B, y qué fuerzas impiden el progreso del objeto y restringe la facilidad de su paso o traslado.

Ellos dos habían ya completado fórmulas que daban respuestas parciales a la cantidad de energía requerida por tal o cual elemento o metal para contrarrestar fuerzas opositoras a la inercia, tales como la gravedad, la fricción o la energía misma, innata en el metal para pasar de punto A al punto B, más rápido o lento según el metal que se estaba estudiando. Se había deducido y comprobado que un elemento, o metal, con un número atómico grande, o sea con más protones y neutrones en su núcleo y más electrones alrededor del núcleo, tal metal, como el uranio, era capaz de producir más energía o radioactividad con una masa pequeña de ese metal que otros elementos menos pesados como los hidrocarbonos, para ejemplo ilustrativo, que requerían enormes cantidades para producir la energía equivalente a lo que una pequeña cantidad del metal pesado era capaz de producir.

Tales conocimientos los habían llevado a ser reconocidos expertos en la investigación de metales pesados y habían sido invitados en los estudios de tales metales, como el dubnium y el meitnerium, metales sintéticos y muy radioactivos, pero con una "vida media" muy corta o rápida: de minutos o segundos; lo cual impedía su utilidad como una fuente de producción de energía estable, continua y de larga duración.

La profundidad de sus genios en la aplicación de la Mecánica del Quantum, que había ya superado a las teorías de Bohr, para analizar las características del átomo y cómo se dispersa la energía en forma de luz, les habían valido reconocimientos y honores en las universidades del mundo y en el círculo de científicos dedicados a superar las dificultades de la humanidad, pero, como se mencionó anteriormente, su mayor interés era resolver los problemas que la fricción y la gravedad, principalmente, imparten al movimiento de los objetos. "¿Por qué no podemos viajar, todos, a la velocidad de la luz?", se preguntaban estos dos seres magníficos.

Sus vidas eran simples, huían de lo superfluo e incongruente. Sus genios, indiscutibles, no daban cabida a lo frívolo, a la música sin imaginación y con ruidos tan monótonos que era imposible distinguirlos uno del otro y hechos por músicos o compositores que apenas sabían leer o escribir. Preferían el silencio a exponerse a escuchar una sarta de imbecilidades, favorecidas por jóvenes sin entusiasmo en la búsqueda de lo posible en lo que parece imposible. Sus lecturas favoritas, cuando tenían un tiempecito para leer algo que no estuviese relacionado a su pasión como científicos, eran las obras maestras en donde el genio del hombre se expresaba y palpaba en la belleza escrita. Su antigua herencia venía de los fértiles campos de Kortemark y de la reposada historia en los suburbios de Brujas; no expresaban orgullo de pertenecer a un linaje antiguo. Vicisitudes en guerras y disturbios, a través de los siglos, en esas regiones habían desparramado valiosos vástagos del tronco familiar y muchos se habían establecido en comunidades, afines a su lengua y costumbres, en el norte de Michigan y Wisconsin y el sur de Canadá. Ellos dos eran el saliente principal de esa familia que aún permanecía en Bélgica. Eran, en realidad, esclavos de la sangre, pues la doctora Marie Blomme Vandekandelaere era la hija del doctor Otto Joseph Vandekandelaere y estaba casada con Hans Blomme Vandekandelaere, hijo de una prima lejana del doctor Otto Joseph.

Hans era un comerciante de diamantes y viajaba, frecuentemente, entre Brujas y Antwerp (Amberes). Los fines de semana padre e hija preferían disfrutarlos en la pequeña casa ancestral de Kortemark, en donde se guardaban las fotos de los antepasados y algunas de los que habían emigrado a las promesas de América. En el patio de la casa pastaba un caballo percherón, robusto y manso, blanco y rocío y al cuidado de un lugareño, Hernán, quien también se encargaba de mantener la casa limpia y siempre lista para recibir a sus dueños. Marie montaba el percherón cada vez que no estaba agotada por la falta de sueño que la dedicación a su profesión le exigía. Ella era la Directora de la Sección de Mecánica del Quantum, en la Facultad de Física de la Universidad de Brujas; mientras que su padre, Otto Joseph, era el Vicerrector de la Universidad y Director de la Facultad de Química de la Universidad de Brujas en Flandes, Bélgica. Otto dominaba a la perfección cuatro idiomas: flamenco, francés, alemán e inglés, pues él decía que la ciencia y su progreso estaban concentrados, en el 90%, en estos cuatro idiomas.

Cierta tarde, después de haber terminado de saborear una deliciosa y estimulante taza de café, producto de El Salvador (el café es el valioso regalo de los árabes a nuestro mundo y reconocido como uno de los *superfoods* en la cultura de la humanidad por sus innumerables beneficios, ya estudiados, que otorga a los que saborean diariamente una o más tazas de café… ¡pero más si se acompaña con un buen trozo de semita de piña!, añaden los nativos de El Salvador), los dos seres geniales de Bélgica, padre e hija, decidieron solicitar a la Mesa Directiva de la Universidad de Brujas un asueto de tres meses para viajar a Centroamérica e investigar el fenómeno conocido como La Luz. Ellos percibían, en su instinto de sabios, que La Luz emanaba de algo tangible y medible y que podría provenir de algo muy valioso como lo sería la existencia de un elemento o metal aún no descubierto.

Después de unas cuantas semanas y cuando ya se habían designado sustitutos temporales para los dos sabios, llegó la respuesta afirmativa de la Mesa Directiva de la Universidad, la cual incluía el sueldo mensual, íntegro, para los dos, además de una donación de cincuenta mil dólares, por parte del Fondo Universitario para la Investigación para solventar eventuales gastos extras que pudieran ocurrir.

La embajada de El Salvador en Bruselas se encargó de hacer preparativos adicionales, como el que los dos ellos fuesen recibidos como huéspedes honorarios por los rectores de las tres universidades de San Salvador y provistos de seguridad policial en los viajes de la capital al pueblo, que iba a ser su residencia por tres meses, o cualquier otro desplazamiento que los dos sabios necesitasen hacer durante sus investigaciones.

La alcaldía del pueblo se ocupó de asegurar un alojamiento adecuado para los dos sabios y lograron conseguir una casa colonial y protegida por un muro exterior y convenientemente localizada a una cuadra del Parque Central, en donde estaba la iglesia del pueblo, a dos cuadras de la Alcaldía.

La casa era amplia, de cuatro dormitorios y cuatro baños, con arcos y columnas interiores; tenía tres patios interiores, el más grande de los tres, en la sección posterior de la casa, tenía una pequeña piscina para poder refrescarse en los días calurosos, que eran los más del año; habían dos patios más, uno de ellos, en el medio de la casa, era abrazado por la sala, el comedor y dos dormitorios; con un pequeño arriate construido en la pared posterior y en una pared lateral del patio, llena de plantas tropicales y trepadoras que alegraban la vista desde el comedor; a la mitad de esta pared lateral del patio había una pequeña ventana con marco de caoba y hojas de cristal, protegida por un techo de tejas rojizas sobre viguetas de hierro negro y con soporte por dos ménsulas también de hierro negro y terminado ornamental, que servía para ventilar y que entrase la luz del sol en la sala. El atractivo de este patio se completaba con un azulejo grande de lirios blancos con un marco azul incrustado en su nicho de cemento y acabado de porcelana blanca, adornando la pared posterior del patio con el objeto de alegrar la vista desde el comedor. Tal azulejo fue hecho, especialmente para la casa, por una fábrica de azulejos tipo talavera, en Puebla, México, y la casa manejada por más de un siglo por la misma familia, ha mantenido tal tradición originada en Talavera de la Reina, España.

El otro patio era un pequeño jardín, en la sección anterior o frente de la casa, con palmeras y otras plantas tropicales entre la entrada principal de la casa y el muro exterior que daba a la calle y en donde estaba la puerta de madera para entrar al patio/jardín del frente de la casa. A la entrada principal de la casa se accedía después de descender cinco escalones de cemento, desde la puerta de madera, en el muro frontal de la casa, hasta la puerta de hierro ornamental de la entrada a la casa propia. La puerta de madera, que daba a la calle, tenía una cerradura antigua que requería una llave enorme, también antigua, para cerrarla o abrirla.

Los dueños de la casa decían, en broma, que la tal llave podría servir como "un arma letal" en contra de cualquier intruso. Esta puerta frontal y entrada de la casa era de dos hojas de caoba barnizada y con un aldabón antiguo en forma de león. En una de las hojas había una diminuta ventana con marco de metal y acabado ornamental que podía abrirse o cerrarse y que servía para averiguar quién estaba tocando la puerta. La puerta estaba protegida por dos techos: el frontal o anterior, que daba a la calle, y el posterior, que daba ya al jardín de la sección frontal de la casa. Cada techo era de teja rojiza sobre viguetas de hierro negro y soporte con ménsulas, también de hierro negro y acabado ornamental, a cada lado de la puerta, en su frente y en su parte posterior. La puerta se adornaba de un marco de cemento en donde estaban cinceladas dos columnas, una a cada lado, terminadas con tres sisas verticales. La dovela, o parte superior del marco, tenía dos sisas, inclinadas, para formar tres figuras rectangulares e irregulares en ella. A un lado del techo frontal de la puerta se veía un farol antiguo de hierro negro, pero que podía acomodar electricidad y un foco en su base.

Los dueños de la casa, al enterarse del objetivo de los dos sabios de Bélgica, le comunicaron al alcalde que la casa estaba a la orden para que ellos dos pudiesen pasar un tiempo agradable en el pueblo y que no era necesario preocuparse por abonar ningún dinero para renta, pues con mucho gusto se les ofrecía la casa, para la comodidad de ellos, y además se les instaba a que usasen la piscina cuando quisiesen y que también usasen el jardín en la colina aledaña a la casa, pues tal jardín contaba con cuatro garajes para sus vehículos, un dormitorio para el cuidandero, varios árboles frutales y un precioso "rancho mirador" para poder contemplar el pueblo y las montañas que lo circundan.

La alcaldía iba a ocuparse de la alimentación de los dos sabios y de los dos guardias de seguridad que iban a acompañarlos durante el total de su estadía en el país. Los dos guardias ocuparían el dormitorio, ya construido en uno de los garajes del jardín, y usarían el baño con su letrina y ducha y una pila exterior para lavar sus ropas y utensilios de cocina en las instalaciones que se habían construido, en un pequeño patio dentro del jardín y anexo a los garajes. El cuidandero actual se ocuparía de la limpieza de la casa y el jardín. Con el dinero donado por la Universidad, los dos sabios podían contratar un cocinero para ciertas comidas que ellos deseasen degustar y, además, una persona que les lavase sus ropas cuando fuese necesario. Todas estas disposiciones, en favor de los dos sabios, los alagaron y produjeron en ellos una sensación de bienestar que trajo, a su vez, un entusiasmo por el trabajo que iban a realizar en el pueblo al que fueron atraídos por las noticias del fenómeno de La Luz, que había llegado hasta Bélgica y finalmente a sus oídos, despertado el interés de poner sus conocimientos científicos a la orden para ahondar más en el asunto y, con suerte, llegar a una solución real que explicase el origen de La Luz.

Padre e hija salieron de Bélgica con la nerviosidad y excitación de dos niños, pensando en que iban a encontrar culturas y gentes nuevas, nunca imaginadas en sus cerebros o en sus experiencias. Abordaron el avión con un entusiasmo desconocido en sus vidas de intelectuales. Los dos se tomaron de las manos y, con sonrisas imparables, eligieron sus asientos en la primera clase del avión.

Otto, con su fervor usual por aprender cosas nuevas, había encontrado, en el internet, una aplicación, para "Aprender el español en cuatro semanas", y se repetía, lo más frecuente que podía, frases comunes del coloquio de ese idioma que, según él, le serviría para comunicarse de una mejor manera con la gente del extraño país al que iban a visitar y donar con sus genios de científicos un imprevisto y formidable regalo aún no anticipado ni por ellos mismos. Soportaron el cansancio, producto del largo viaje, tomando pequeñas siestas en sus cómodos asientos y leyendo pequeños panfletos turísticos sobre El Salvador.

Aproximándose a El Salvador apareció en sus ventanillas el increíblemente bello paisaje de Centro América con su verdor impresionante e inacabable, sus pequeños pueblos, aislados en las interminables colinas y los innumerables cerros de la región más bella del universo: calles que serpenteaban bordeando las alturas y uniendo los pueblos que componen su historia y su leyenda; volcanes majestuosos formando una hilera de colosos y cincelando la espina dorsal de ese increíble pedazo del mundo.

Al ir descendiendo hacia el Aeropuerto de San Salvador, ellos empezaron a intercambiar de asientos cada ciertos minutos para así ir apreciando, el uno o la otra, el cambiable paisaje que inundaba sus pupilas: de repente veían el cráter de un volcán y, construida en las faldas de él, la Ciudad Capital; inmediatamente después aparecía la costa del país con sus planicies recortadas por parcelas y llenas de diferentes sembrados; pocos segundos más tarde aparecía la indomable costa del océano Pacífico con sus playas pardas de arena mezclada con ceniza por las innumerables erupciones de sus docenas de volcanes y a través de milenios. Tal paisaje había sido descrito como: "dolorosamente bello" (*painfully beautiful*) por las voluntarias de una misión médica de los Estados Unidos que había llegado al país para dar ayuda médico-quirúrgica gratuita a los indigentes del este de El Salvador.

Al salir de los Servicios de Migración del aeropuerto y abandonar la comodidad del aire acondicionado del edificio, ellos, con sus abultadas maletas, fueron recibidos no sólo por la comitiva, enviada por las tres universidades del país, y la pareja de guardaespaldas y guías, prometidas por la embajada de El Salvador en Bruselas, sino también por una ráfaga de asfixiante calor, el abanderado de la canícula del trópico, que les impresionó por el repentino cambio de temperatura.

El hotel, localizado en la capital, donde tenían sus reservaciones, los deleitó con una típica cena de cangrejo, verduras, sopa de repollo, arroz relleno y elote aderezado con mayonesa, queso rallado y cilantro; un pequeño postre de semita de piña y helado de limón les satisfizo los paladares. El hotel había también conseguido para ellos la cerveza belga Stella Artois, que saborearon con un deleite indescriptible. Al final de la cena un trío de guitarras apareció en el corredor en donde Otto y Marie estaban cenando y, sin ninguna introducción, empezaron a interpretar varias de las canciones de la cultura hispana: huapangos y boleros.

Los músicos rodearon la mesa y dedicaron a Marie el bello falsete "Malagueña Salerosa", lo cual fue agradecido por Marie con la aparición de la más bella sonrisa imaginable, dibujada en los labios de una mujer que nunca había recibido una serenata.

Se retiraron a sus respectivos dormitorios, con la sensación del profundo respeto que colige a los seres que contemplan una misma igualdad, o cuando aprecian la belleza y la cordialidad entre ellos, y esperaron, con entusiasmo, la llegada del amanecer para emprender el camino al pueblo, que había despertado el interés en sus mentes creativas y curiosas.

En los tres o cuatro días subsiguientes a su llegada al pueblo, padre e hija se dedicaron a implementar e instalar un pequeño laboratorio en la bodega de la casa. Vaciaron la tal bodega de todos los tiliches que ellos consideraron innecesarios y sólo dejaron el tanque de agua, el calentador de esta y la lavadora y secadora de ropa. Los tiliches fueron a parar a otra bodega que el jardín tenía y se usaba para guardar herramientas de jardinería y una columna de sillas de plástico, acomodadas una sobre la otra, que los dueños usaban en ocasiones especiales como cumpleaños y otros eventos, o para acomodar invitados en las fiestas navideñas.

Los sabios también compraron un pizarrón grande y una caja de tizas o yesos blancos y rojos que usarían para sus cálculos y fórmulas mientras su trabajo sobre el origen de La Luz fuese avanzando.

Como todos los genios del mundo, ellos eran parcos y modestos en su vestir y no dados a entablar conversaciones superfluas de las que no se gana un palmo del conocimiento de las gentes. Le huían a la música rap por su monotonía y falta de inspiración en su metraje. Preferían la solitud y las composiciones de Haendel y Brahms, especialmente las conocidas como "Música del agua", quizás porque los holandeses y flamencos, como ellos, crecen en un ambiente de orden y calma para el espíritu diferente a otras regiones de Europa. Esto podría explicar la razón por la cual ellos no trajeron música de Chopin o Sibelius, pero por alguna inexplicable razón sí preferían la Quinta Sinfonía y las sonatas para violín y piano de Beethoven; tal vez sería porque esa obra maestra, la "Quinta Sinfonía", augura y despierta, en aquellos que la escuchan, un mensaje universal y entendible, el imperceptible deseo de triunfar sobre el fracaso y las soledades de la muerte, de encontrar lo que no puede encontrarse o lo que nunca ha existido en el conocimiento de la humanidad, reflejando en sus magistrales notas el triunfo del espíritu, la voluntad del hombre, la voluntad del genio, y que siempre será así… ¡Menuda sorpresa les esperaba cuando llegasen las fiestas patronales del pueblo con sus conjuntos musicales instalados uno en cada esquina, de las seis o siete esquinas, alrededor del Parque Central, tocando salsas y merengues por tres o cuatro días y noches seguidos, desde las seis de la tarde hasta la medianoche! Con suerte, su trabajo terminaría mucho antes de que empezaran dichas fiestas.

Una mañana de julio, con su cielo abierto y azul y sin promesa de lluvia, los dos sabios desayunaron, sentados en sillas de madera y acomodadas alrededor de una pequeña mesa cuadrada, también de madera, la cual estaba instalada en el amplio corredor de la casa y desde donde los sabios podían contemplar la piscina, sombreada por una perenne planta de veranera o buganvilia de rojas flores que tendían a caer sobre el agua de la piscina y formar un manto de pétalos rojos que cubría la superficie de la piscina y que impresionaron a los sabios. Al lado de la veranera estaba incrustada, en la pared, una fuente de piedra, adornada con cuatro pequeños azulejos en su semicircular parte superior. De la parte central de la fuente, o búcaro, se extendía un canal de teja rojiza que se prolongaba hasta librar el borde de la piscina y así conducir el chorro de agua de la fuente a que cayese en la piscina, como una pequeña cascada y produciendo un sonido arrullador, ideal para calmar el espíritu, tomar una siesta o irse a la cama, en las noches oscuras y húmedas del trópico, y obtener un sueño reparador.

El desayuno, como el resto de las comidas que serían proveídas para los sabios, fue preparado por una de las dos mejores cocineras del pueblo: Esther, quien tenía un puesto en el mercado y era reconocida por su pulcritud al preparar los platillos que ofrecía a los parroquianos. La otra cocinera, Reina, ya había sido contactada por la alcaldía para que preparase, los fines de semana, las comidas para los sabios. Estos sabios, que también tenían curiosidad de conocer las costumbres de los pueblos, ya habían descubierto los puestos de comida, construidos en los alrededores de la alcaldía, y habían visitado uno de esos puestos, el del Chino Morataya o Chino Pizza, como también se le conocía, y saboreado las deliciosas pupusas, los tacos y los licuados de banano que el Chino ofrecía en su frecuentado puesto. En fin, el desayuno de los sabios fue de un huevo estrellado, junto con ejotes cocinados con clara de huevo, además de un pedazo de queso duro, una tortilla de maíz, frijoles negros aderezados con crema y una pieza de pan dulce o pastel de piña para acompañar a la taza de café negro, de media altura, conocido como "El 20 Minutos", pues, según las gentes no se podía resistir, por más de 20 minutos, la potencia diurética del tal café.

Al terminar el desayuno emprendieron su camino hacia el llamado boquerón, que es la cima del volcán apagado y el sitio en donde había aparecido La Luz. Habían contratado dos peones para que les ayudasen a transportar sus instrumentos y así dejar a los dos agentes de seguridad con las manos libres, por cualquier percance que pudiese ocurrir en el camino.

Llegaron al puente María del Pilar y tomaron unas fotos de las mujeres lavando ropa en las pilas centenarias que se usaban para tal menester. Los dos peones iban también a ser los guías del grupo en su ascenso, que era de unos mil metros hasta la cima del boquerón.

En su ascenso hacia el boquerón, padre e hija se detenían cada cierta distancia para tomar fotos de los multicolores pájaros que revoloteaban en las ramas de árboles de higos silvestres. Estos pájaros, de plumaje extraordinario y jamás vistos en los parajes del norte de Europa, servían para impresionar y alegrar el alma de los dos sabios. El ave que más les impresionó fue el Torogoz, con su plumaje multicolor e iridiscente, su larga cola, formada por dos plumas como carrizos o alambres que terminan, en la punta de la cola, en un vellón de plumas suaves y verdes. Uno de los guías explicó que ese precioso ser alado era el elegido para ser nombrado Ave Nacional de El Salvador. Los sabios usaron los lentes telescópicos de sus cámaras para tomar innumerables fotos de acercamiento del bello pájaro nunca imaginado en sus mentes fecundas, pero siempre agradecidas por la oportunidad de haberlo visto en la vida real.

Pasaron por cafetales en flor, pequeñas plantaciones de banano y de granadilla y por gigantescos árboles de mangos con sus frutos de diferentes tamaños, formas, colores y sabores. Asomándose sobre el cerco de una de las propiedades o fincas del cerro estaban las ramas de un árbol extraño, de lisa corteza, con poco follaje y unas pequeñas frutas, rollizas y un poco alargadas, de colores verdes o amarillas o rojas que, por su dulce sabor, fueron un deleite para los guías y los guardaespaldas. Los sabios se admiraron de ver a sus escoltas y peones cortar y comer no sólo de las frutas, sino también comer las hojas verdes y tiernas del árbol. Los sabios rehusaron la oferta de comer o saborear las frutas o las hojas del árbol por temor a enfermarse por ingerir cosas a las cuales no estaban acostumbrados. Los guías les explicaron que tal árbol se conoce como jocote o ciruela silvestre y que le ha dado el nombre al pueblo, nombre que, en idioma maya lenka, significa "río de los jocotes", y pueblo por el cual los sabios ya empezaban a sentir cierto cariño no sólo por la sincera amabilidad con la que fueron recibidos, sino también porque se habían enterado de que la casa, en donde ellos estaban alojados pertenecía a una señora de origen flamenco, y que residía en los alrededores de Tampa, Florida.

Poco a poco, empezaron a notar cómo el paisaje iba cambiando a medida que subían por las veredas del río Chagüite. El Chagüite inicia desde la cima del cerro como un pequeño riachuelo, formando pequeñas cascadas y pozas en su bajada hacia la quebrada, la que divide en dos al pueblo. En una de las pozas, nutrida por una pequeña cascada, divisaron un grupo de niños y adolescentes, bajo la vigilancia de dos o tres adultos, empaparse en la cascada, zambullirse en la poza y todos ellos gritando y alegrando con sus risas la calurosa mañana. Como era de esperarse, los dos sabios tomaron un sinfín de fotos del bullicioso grupo.

Más adelante, aunque todavía lejos del cráter, empezaron a aparecer las grandes rocas volcánicas con pequeñas pilas o pozas excavadas en las rocas, usadas para bañarse o lavar la ropa. El agua empezaba también a cambiar de temperatura y sentirse tibia o caliente, según iban subiendo hacia el boquerón. Unos metros más arriba notaron que el barro en las riberas del río tenía diferentes colores, los guías les explicaron que esos barros eran yesos y que estaban entrando en un área que la gente conocía como La Viejona.

Los sabios tomaron pequeñas muestras de los coloridos yesos y los metieron en unos pequeños tubos plásticos que traían para tal efecto. Se miraron entre sí al divisar, en medio de la corriente del río, una enorme roca, diferente a las demás rocas volcánicas de su alrededor. Tal roca estaba formada, en su mayor parte, por secciones lisas y de color gris, como muchas rocas comunes de rio, pero a esta se le notaban vetas o venas de color rojizo y verde oscuro en la superficie que la cruzaban de arriba hacia abajo, en su sección lisa. También notaron que la roca tenía vetas de color negro y brillante que se distribuían como anillos alrededor de la roca. El resto de la roca era como todas las demás a su alrededor, de superficie porosa y negra y sin ningún atributo que les llamara la atención.

Tomaron muchas fotos de la tal roca y siguieron su camino, subiendo el cerro y buscando el pequeño cráter del boquerón. Tal cráter estaba ya cubierto por pequeños árboles y maleza milenaria y el humus, depositados en su superficie a través de los siglos. Tuvieron una breve conversación y acordaron buscar y encontrar más rocas parecidas a la que les había llamado la atención, la que estaba en medio del río y hacía ya varios minutos de ese encuentro. Abrieron sus mochilas y sacaron unos pequeños cinceles y martillos, además de los consabidos tubitos de plástico para las muestras por analizar, y empezaron a recorrer pequeñas distancias del cráter, apartando con sus pies y con una pequeña pala la tierra negra que cubría el cráter. Descansaron por unos minutos y reiniciaron su búsqueda, siguiendo un rumbo diferente al que habían tomado al principio.

Después de varios minutos, debajo de la raíz de un árbol de amate, divisaron una protuberancia que parecía enorme y que se hundía en la tierra. Era una roca lisa y rojiza con vetas de color verde oscuro. Al empezar a limpiar el humus y maleza que la cubría, se dieron cuenta de la enormidad de tal roca y la imposibilidad de descubrirla, toda, con sus pequeñas palas, pues la roca parecía ocupar la mayor parte del cráter. Con sus cinceles y sus martillitos tomaron muestras de la roca en varios puntos de su superficie, incluyendo muestras de las vetas de color verde oscuro. A pesar de haber escarbado casi un metro, siguiendo hacia abajo de la superficie de la roca, no pudieron encontrar ninguno de los anillos negros, los que habían visto en la roca en medio del río y que primeramente les había llamado la atención. Se atemorizaron un poco al ver las orugas negras y peludas, que son un común huésped del árbol de amate.

Platicaron, brevemente, sobre lo que habían encontrado y se percataron que estaban ante algo imprevisto, quizás único, y que sería mejor no divulgarlo hasta que se hubieran completado los estudios sobre la materia, los cuales iban a ser ordenados y supervisados por los dos.

Iniciaron el descenso hacia el pueblo y, al llegar a la conocida roca, la que sobresalía en medio de la corriente del río, el doctor Otto se quitó los zapatos y calcetines, se arrolló los ruedos del pantalón y, empuñando su cincel y su martillito, se metió en la corriente del río hasta alcanzar la roca y empezó a arrancar pedacitos de su superficie, incluyendo muestras de los anillos negros que la circundaban.

Bajaron sin ningún contratiempo y después de almorzar una sopa de consomé de pollo y fideos, acompañando un platillo de güisquil (chayote) relleno, además de tortillas de maíz y una naranjada, recién hechos por Reina, se dieron una rápida ducha y luego se sentaron en sendas mecedoras, acomodadas en el amplio corredor de la casa, e iniciaron su plática, ambos con una sonrisa de satisfacción y frotándose las manos como dos chiquillos.

Marie fue la primera en avisar.

—Vamos a necesitar el potasio 40 para darnos una idea de la antigüedad de la roca y para eso tendremos que regresar a Bélgica. No quiero ir a Estados Unidos para esos estudios.

El doctor Otto estuvo completamente de acuerdo, pero le sugirió empezar a hacer estudios preliminares en el pequeño laboratorio que habían improvisado en la bodega de la casa.

Se sonrieron ante tal perspectiva, pues sabían que estudios avanzados usando el espectrómetro de masa, para identificar la masa atómica promedio de un elemento o metal, no iban a ser posibles en El Salvador. Pero decidieron hacer estudios rudimentarios en su pequeño laboratorio, empezando por pulverizar las diferentes muestras que habían tomado de las dos rocas para analizar dichas muestras, usando el microscopio que habían traído con ellos. Utilizaron un motete de farmacia para pulverizar las varias muestras, ya catalogadas, de las diferentes partes de las rocas, incluyendo muestras de las vetas verdes, de las vetas rojizas y de los anillos negros. A unas muestras las observaron en seco y a otras las observaron en un ambiente húmedo, usando agua desionizada y después de filtrar el polvo de roca, usando microfiltros.

Cerraron la puerta del laboratorio y corrieron una cortina negra sobre las ventanas para obtener la mayor oscuridad posible y se sentaron, con entusiasmo, a hacer su trabajo.

Usando diferentes filtros en el microscopio y varias fuentes de iluminación, incluyendo la ultravioleta, empezaron sus observaciones que, metódicamente, iban escribiendo en sus libretas de apuntes. Las muestras del yeso o del barro no mostraron nada en particular al ser observadas en ambiente seco o ambiente húmedo y con diferentes filtros en el microscopio o bajo diferentes fuentes de iluminación. Los hallazgos principales ocurrieron cuando empezaron a analizar las muestras en ambiente húmedo: se observó una birrefringencia en las muestras correspondientes a las vetas de color verde y una tenue luz al exponer a la luz ultravioleta las muestras correspondientes a las vetas rojas, de la roca. La sorpresa fue mayor cuando analizaron las muestras correspondientes a las vetas negras, las que forman anillos alrededor de ciertas partes de la roca, la que estaba en el medio del río. Al exponer dichas muestras a la luz ultravioleta, observaron una pequeña luz que no era constante, sino que era intermitente y de variante intensidad, lo cual era espontáneo o innato en el elemento que constituía los dichos anillos negros de la roca, pues la fuente de iluminación se mantuvo con la misma intensidad y sin moverla de su sitio. Aún más sorpresas fueron observadas cuando mezclaron las muestras de los anillos negros con las muestras de las vetas verdes o con las muestras de las vetas rojas: la luz perdía su capacidad de mostrarse intermitente y se mostraba como un resplandor blanquecino y constante. Los sabios cambiaron el ángulo del foco de luz ultravioleta y el resplandor de las mezclas cambió a un tono amarillento, pero siempre constante.

Los dos descansaron unos minutos y empezaron a escribir fórmulas complicadísimas en el pizarrón que habían comprado para tal efecto. Después de revisar las fórmulas escritas en el pizarrón, decidieron descansar sus mentes y dejar para el día siguiente las correcciones necesarias a las fórmulas, pero ya con la mente más abierta y después de un descanso obligado.

Cenaron, silenciosos, con un tamal de elote y crema, frijoles negros y la imprescindible naranjada. Para postre tomaron una taza de chocolate con una pieza de pan dulce. No hicieron ningún comentario sobre sus hallazgos y decidieron escuchar una sonata de Beethoven antes de irse a dormir.

A la mañana siguiente, después de un breve desayuno y escuchando el caer de la cascada de la fuente en la piscina, que traía aún más solaz a sus calmados espíritus, decidieron revisar las fórmulas que habían escrito en el pizarrón y se alegraron de haber llegado a la misma conclusión: explicar el origen de La Luz a través de la ciencia, usando los parámetros, teóricos o no, que la física y la química actual usaban para resolver problemas. Acordaron que el problema de La Luz iba a ser representado en una forma simple y horizontal, con diferentes pasos, empezando con la identificación del elemento o metal, que habían encontrado en el boquerón, y finalizando con la demostración de que La Luz, en realidad, emanaba de dicho elemento o metal.

Era obvio que cada paso requeriría la aplicación de ya demostrados métodos y que entrarían en juego las teorías de la Mecánica del Quantum, así como también efectos de la luz de diferentes fuentes (láser de onda corta, ultravioleta y, más aún, la luz natural del sol).

Habían escrito en el pizarrón sus teorías, acordando que no habría desviaciones y que cada paso iba a ser explicado matemáticamente. Lo que escribieron, en el idioma inglés, fue esto:

A. Element or metal x = inner/internal energy (electrons) = Watt/Kilowatt = Joules= Photon/ Boson = La Luz

B. Element/metal x = high atomic mass = high # of isotopes (neutrons) = high fission (fusion?) = ↑ energy (E=mc2) = La Luz

"La Luz" fueron las únicas palabras en español que ellos admitieron y escribieron en sus teorías, por ser dichas palabras el principal motivo de su viaje a El Salvador.

De inmediato acordaron que necesitaban más muestras de las rocas y que el primer paso sería averiguar la masa o peso atómico, el número atómico y el número de electrones (que son, generalmente, los que absorben, almacenan y esparcen la energía, innata en los metales o elementos conocidos) del metal/elemento X que habían encontrado, y decidieron regresar a Bélgica para someter dicho metal/elemento a los rigurosos análisis del espectrofotómetro y así tener una mejor idea de la edad de la roca, del promedio de su masa y número atómico, y deducir el número de electrones que el elemento poseía.

Empezaron a preparar, para el día siguiente, la segunda subida al boquerón y reportaron tal plan a sus guías y guardaespaldas para emprender la subida lo más temprano posible.

Alistaron sus cinceles, martillos y frascos, ya más grandes, que servirían para recortar la roca y guardar las muestras obtenidas. Pasaron el resto del día descansando en las mecedoras y arrullándose con el sonido de la fuente. Reina les había preparado limonada, jugo de arrayán y jugo de mango para su deleite. Quisieron conocer el árbol de arrayán que crecía en el jardín aledaño a la casa y, después del almuerzo, decidieron subir la pequeña colina que asienta al jardín a tomar algunas fotos de él. El cuidandero les abrió el ancho portón del jardín y, como dos niños sonrientes y alborozados, entraron al jardín que iba a ofrecerles pequeñas y agradables sorpresas. El jardín contaba con sendas empedradas que terminaban en pequeños rincones, con sombra dada por árboles tropicales y con bancos de cemento para descansar.

El rancho mirador, con su estructura de piedra y cemento, su techo con soportes o enramada de teca y sus tejas rojizas y antiguas, les pareció admirable y tomaron varias fotos de ellos en el rancho y también meciéndose en una hamaca que se les había emplazado en un extremo del rancho mirador. En muchas de esas fotos se les miraba sonriendo y haciendo la "V" de la victoria con los dedos.

Se deleitaron con la música producida por el viento al mover los tubos metálicos de un pequeño carillón o vibráfono, colgando de una esquina del rancho. Tomaron fotos del pueblo y las montañas que lo circundan e, igualmente, en muchas de tales fotos estaban los dos posando: ellos en primer plano, y el pueblo y las montañas en segundo. Luego pasaron a la parte trasera del jardín y conocieron árboles, extraños para ellos, como el arrayán, el cacao con sus frutos creciendo de su tronco, el níspero, el mamey, el limonero, los naranjos y el mandarino, además del grapefruit (toronja o pomelo), el cocotero, el mango, el guayabo, el aguacate y el sin fin de flores tropicales que atraían mariposas y pequeños y bellos colibríes. Preguntaron sobre el significado de una fuente rectangular de cemento, edificada en una esquina del jardín y enmarcada, en sus paredes, por centenares de cuadrados azulejos fijados con cemento blanco a las paredes. Cada azulejo estaba engravado con un nombre diferente de personas con apellidos extraños y fechas diferentes, empezando con el año 1995 y terminando con el año 2011. La tal fuente tenía, en el centro de su pared frontal, un enorme azulejo, cuadrado, de múltiples colores y de bordes adornados con atractivos arabescos y con dos letreros: <Fuente de los Voluntarios>, el uno; y por debajo de éste y en inglés: <Fountain of the Volunteers>. Se les explicó que la fuente representaba el esfuerzo de médicos, enfermeras, oftalmólogos, cirujanos, dentistas, pediatras y otros voluntarios extranjeros, así como también médicos y voluntarios salvadoreños que formaron, en el año 1992, una misión médica para traer al pueblo servicios médicos y quirúrgicos gratuitos, así como a los indigentes de lugares vecinos o distantes. Tal esfuerzo había culminado, gracias a un filántropo de Nueva York y su familia, con la construcción de un pequeño, pero muy bello hospital con salas quirúrgicas equipadas con los mejores y modernos servicios posibles: anestesia, fuentes de oxígeno, esterilizadores, etc., para así abordar con más éxito, para su resolución y alivio, los problemas que los pacientes pudiesen presentar. Cada azulejo representaba un esfuerzo personal que daba honor a su dueño. Podían apreciarse nombres de voluntarios de Italia, India, Alemania, Francia, Inglaterra, España, Canadá, México, Argentina, Guatemala, Pakistán, Etiopía, pero sobre todo voluntarios de Estados Unidos y El Salvador. Bélgica misma estaba representada con el azulejo que llevaba el nombre de la dueña de la casa y el jardín en donde estaban ellos alojados y que, por coincidencia, como se citó anteriormente, era de origen flamenco.

Bajaron, felices, del jardín y entraron ya sudorosos a la casa, lo que motivó a que Marie le diesen deseos de refrescarse en la piscina. Otto no quiso entrar y sólo se quitó los zapatos y calcetines y se sentó en uno de los bordes para meter los pies en el agua, siempre fría, de la piscina, con tanto placer que declaró:

—Cuando regresemos a este pueblo, ¡yo me meto en esta piscina!

Cenaron con tranquilidad y luego escucharon a Brahms y a Grieg, deleitándose con el clásico "Peer Gynt", y fueron a sus respectivas camas, satisfechos de los logros que habían conseguido desde que llegaron al pueblo.

Al día siguiente, padre e hija empezaron con sus preparativos para regresar a Bélgica, pues la noche anterior habían decidido ya no hacer un segundo viaje al boquerón y, en su lugar, regresar a Bélgica con las muestras ya tomadas de las rocas. Empacaron con esmero y cuidadoso entusiasmo sus instrumentos y las muestras de las rocas que iban, eventualmente, a analizar con modernas máquinas para después presentarle al mundo el hallazgo de algo muy valioso para la humanidad.

Viajaron a la capital después del desayuno y se despidieron del cuidandero y los dos guías. Los dos guardaespaldas los condujeron hasta el hotel donde se hospedarían ese día para así salir hacia Bélgica a la mañana siguiente. En el aeropuerto checaron sus maletas con la viñeta <prioridad>, pues ellos tenían reservación de primera clase para sus asientos en el avión, lo cual les aseguraba, además de un pequeño descanso, el consabido refrigerio necesario para un viaje tan largo, desde El Salvador a Bélgica con escala en Nueva York.

Llegaron a Bruselas a las diez de la mañana del día siguiente a su salida de El Salvador. Estaban y se veían cansados. Al salir del aeropuerto los estaba esperando un miniván, propiedad de la Universidad de Brujas, para llevarlos a sus domicilios. El regreso a su país los llenó de emoción y, a pesar de su cansancio, no durmieron durante las tres horas que requiere el viaje de Bruselas a Brujas. Se volvieron a admirar del paisaje eterno de su patria y sus almas agradecieron la fortuna de haber nacido en un lugar tan bello. Ya en Brujas cenaron con almejas, patatas y vino de Rioja y, al final, celebraron con un vaso de la indispensable cerveza, Stella Artois, orgullo de Bélgica. Llenos de gozo, se retiraron a sus respectivos apartamentos.

Durmieron cerca de diez horas continuas y despertaron a una mañana lluviosa, con un sol huraño que se negaba a manifestar su fulgor a los mortales de aquella región de Europa. ¡Eso les hizo entender que habían llegado a Bélgica!

***

La calma y el orden con que los dos sabios estaban llevando su investigación sobre el origen de La Luz era exactamente lo opuesto a lo que estaba ocurriendo en el pueblo. Desde que ellos llegaron al pueblo, su subida al boquerón despertó la curiosidad de los adultos que los sabios fotografiaron, los que estaban cuidando a sus hijos mientras estos chapaleaban en la corriente y las pozas del río Chagüite.

Esas personas hicieron preguntas a los guías que los dos sabios llevaron en su subida al boquerón, y cuando se enteraron del motivo del trabajo de los sabios, esparcieron la noticia a cuantos habitantes del pueblo encontraron. Esto creó que docenas de personas se armaran de martillos y cinceles, los más; y otros, simplemente, de piedras y clavos; y así, armados, subieron al boquerón y empezar a arrancar pedazos, ya grandes o pequeños, de las rocas en la cima del boquerón.

El tumulto creado por la invasión al boquerón empezó a degenerar en las necesarias riñas entre los que creían que estaban arrancando los mejores pedazos de roca y los que se sentían defraudados, pues se decían a sí mismos: "Si los europeos encuentran algo valioso en estas peñas, yo ya voy a tener mi pedacito". Tal relajo, inducido por la ignorancia y la codicia, obligó a la alcaldía a poner un cerco de alambre y una guardia con dos policías para impedir el paso hacia el boquerón a cualquiera que no presentase un permiso especial, extendido por la alcaldía.

Como siempre, las protestas de los codiciosos no se hicieron esperar, pero el alcalde, sabiamente, puso oídos de sordo y ordenó la guardia permanente del boquerón y esperar el regreso de los sabios de Bélgica, los cuales ya le habían advertido que regresarían al pueblo cuando concluyeran las investigaciones sobre la roca, el metal que podría estar en ella, sus orígenes y las propiedades que se pudiesen demostrar por la ciencia.

El desorden y el daño creado por codiciosos e ignorantes era idéntico al daño que la Fuente de los Voluntarios había soportado a manos de mal educados y malagradecidos que llegaban, en las noches, y saltaban una pequeña barda del patio de la clínica en donde había sido edificada la fuente para arrancar, usando piedras y clavos, pedazos de los azulejos con los nombres de los voluntarios, los que habían viajado desde países lejanos para llevar al pueblo no sólo su saber sino también su nobleza; para regalar a los indigentes del pueblo las medicinas necesarias que impedían el progreso de enfermedades, así como también regalarles la cirugía general y oftalmológica que separaba del paciente, de un tajo, el tumor, la catarata, o el tejido enfermo, devolviéndoles la salud y la vista. Así pagaban los maleducados, y por lo tanto malagradecidos, todo el esfuerzo que por quince años consecutivos la nobleza de los voluntarios había traído al pueblo.

Estos destrozos a la fuente obligaron a la dueña del jardín y la casa a quitar la fuente del patio de la clínica y transportarla, pedazo a pedazo y en un camión de transporte, a un sitio especial en el jardín que era de su propiedad.

La fuente fue cortada cuidadosamente para no estropear ninguno de los azulejos, por un artista-albañil, Fais Pereira, quien se ocupó de enumerar cada pedazo y transportar los tres mil quinientos kilogramos que pesaba toda la fuente con sumo cuidado, envolviendo cada pedazo con gruesas colchas o frazadas para evitar que se quebrasen, y acomodar, con el mismo cariño, sobre la plataforma del camión de transporte, con la ayuda de tres hombres más, pedazo por pedazo, evitando que se tocasen unos con otros. Fais ordenó que el camión viajase lentamente para evitar saltos bruscos que pudiesen quebrar alguno de los pedazos. Al llegar al jardín, Fais se encargó de acomodar todos los pedazos y todos los azulejos que se arrancaron del piso y de los bordes del andén de la fuente. Usó fotografías de la fuente, de antes de que se cortara, para así, fiel a las fotos, rearmar cada pedazo y cada azulejo como resolviendo un rompecabezas.

Fais tardó dos meses y medio en rehacer la fuente, trabajando de diez a doce horas diarias sin descanso, por seis días a la semana. No escuchó consejos ni súplicas para que descansase hasta que completó la fuente y la dejó idéntica a como era antes. Pero como todo lo que él hacía, al finalizar su trabajo, la fuente atestiguaba el amor a su oficio y la genialidad de un artista-albañil. Su nombre, aunque él no haya sido voluntario en las misiones médicas que llegaron al país, estaba, para la eternidad, en un azulejo, ocupando un sitio especial en una de las paredes de la fuente.

***

Cuando despertaron de su largo y reparador sueño y contemplaron la oscura, fría y lluviosa mañana en Brujas, su espíritu los transportó, sin querer, a los días calurosos y lozanos del trópico, lo que les hizo añorar y apreciar un mucho más que un poco la cordialidad de las gentes de aquel pueblo en un país de Centroamérica que los había recibido con admiración y con tanto cariño.

Tuvieron un breve desayuno con wafles belgas inundados con jarabe de frambuesa y acompañados de un huevo duro aderezado con sal y un poco de mostaza (algo que aprendieron a comer allá en El Salvador). Completaron su desayuno con café salvadoreño y un pequeño pedazo de la semita de piña, que se habían ocupado de traer en sus maletas, y que les hizo otra vez añorar el pueblo en donde pasaron días provechosos y felices.

Se alistaron para la reunión que iban a tener con la Mesa Directiva de la Universidad para informarles de los hallazgos en el boquerón para que se determinase el siguiente paso. Pusieron en orden sus cartapacios con los minuciosos apuntes y observaciones que habían escrito, junto con las fotos del pizarrón con las fórmulas que habían escrito en él, al igual que sus carteras, conteniendo los frascos con las diferentes muestras de la roca para ser analizadas bajo su dirección, como ya habían acordado.

La reunión con los directivos de la Universidad fue amigable y jocosa, pues todos se saludaron entre sí, con un español quebrado y mal pronunciado. Otto, siguiéndoles la broma y mostrando una ancha sonrisa, muy rara en él, se atrevió a corregir a algunos de ellos en la "correcta" pronunciación de ciertas palabras, pues él se creía, ya, "casi un experto en el idioma", porque ¿de qué servía vivir en un país, por unas tres semanas, si no se va a aprender algo de sus gentes? Otto les explicó que en El Salvador casi todas las preguntas terminan con el vocablo "pues", y así se hace hincapié en tales preguntas, como: "¿Te divertiste, pues?, "¿Y cuántos años tenés, pues?", "¿Y, y te casaste, pues?", etc., etc., etc., ad infinitum.

Al ir Otto y Marie explicando sus hallazgos, la atención y el interés de los que componían la Mesa Directiva de la Universidad de Brujas se iba haciendo completo y profundo, pues, entre los miembros de la directiva había científicos, como Otto y Marie, siempre con las mentes abiertas para recibir cosas nuevas que estimulaban sus talentos para encontrar respuestas lógicas a tales novedades. En algún momento, uno de esos científicos sugirió con una pregunta, lógica en un estudioso: que si tal roca había sido una parte de Theia, y que si tal parte estaba ahora expuesta en la superficie de la Tierra por efecto de alguna erupción volcánica ocurrida hace miles de años.

Todos lo miraron con una sonrisa de aprobación, quizás porque todos ellos estaban pensando lo mismo, pero no se atrevían a decirlo. Al final de la reunión, se acordó aprobar un presupuesto dedicado específicamente a completar los necesarios estudios de la extraña roca que Otto y Marie habían encontrado para identificar el metal o elemento que la componía y así, con más seguridad, deducir sus propiedades y su posible utilidad en tal o cual aspecto de la industria del hombre.

***

Theia es un pequeño planeta que chocó con la infante Tierra. Tal impacto desmoronó miles de pedazos de ambos planetas y uno de esos pedazos formó nuestra Luna, al desprenderse de la Tierra. También dejó hendida a la Tierra y dividida en pedazos enormes llamados masas tectónicas.

Entre estos pedazos hay enormes y profundas hendiduras llamadas faltas o fallas. La más larga de ellas es la Falla de San Andreas, que se extiende desde Alaska hasta el Polo Sur. Estas masas tectónicas están frecuentemente chocando entre sí y esos encontronazos producen y liberan una cantidad de energía inimaginable que se disipa en forma de terremotos o tsunamis. En los bordes de las hendiduras aparecen los volcanes y las montañas, que forman las cordilleras que conocemos. Igualmente, cuando una masa tectónica empuja contra otra, la Tierra se estruja hacia arriba y se producen cordilleras de gran altitud. Cuando los choques entre dos masas tectónicas son leves, o sea, son solamente rozones, entonces la energía producida no es tan grande y devastadora y tal energía se disipa en leves sacudidas, a veces no perceptibles, que son lo que llamamos temblores.

Centroamérica registra miles de temblores al mes, igual que Alaska y toda la costa del océano Pacífico, en América del Sur. Centroamérica vive, pues, en un "Paraíso con temblores constantes".

Theia trajo muchos beneficios a nuestro planeta, pues no sólo produjo en sí la formación del agua —de donde eventualmente saldría la cuna de toda la vida en la Tierra—, sino también trajo, como parte de su masa, un gran número de los metales y elementos conocidos y por conocer. Su choque con la Tierra también produjo cambios en el eje giratorio de esta, en su órbita o viaje alrededor del sol, lo cual, hasta ahora, trae a nosotros las diferentes estaciones del año.

Theia está incrustada en el centro de nuestro planeta y es parte de la masa terrestre, lo que hace que el centro de la Tierra sea más denso y pesado que su superficie. Es posible que erupciones volcánicas, cuyas fumarolas siempre se originan en el centro de la Tierra, hayan empujado hacia su superficie, y expuesto así los elementos y metales conocidos y por conocer, incluyendo el metal/elemento que nuestros dos sabios de Bélgica estaban estudiando.

Según las propuestas de astrofísicos geniales, el choque entre Theia y la Tierra ocurrió hace ya cinco mil millones de años. Las inmensamente altas temperaturas alcanzadas durante tal choque habrían licuado y vaporizado muchos de los metales que Theia y la Tierra tenían. Al pasar el tiempo, muchos de los metales líquidos regresaron a su estado sólido y poco a poco están siendo descubiertos por el hombre y clasificados en la reconocida Tabla Periódica de Elementos y Metales. Para nuestros dos sabios, los metales más interesantes son el uranio y el plutonio, por la relativa facilidad con la que técnicos y expertos pueden manipularlos y producir grandes cantidades de energía, usando pequeñas cantidades de esos dos metales; lo cual había sido ya intuido por Otto y Marie: tal cualidad también podría existir en el metal que habían encontrado en el boquerón, cuando escribieron en el pizarrón la fórmula de Einstein, $E=mc^2$.

$$***$$

Al terminar la reunión de la Mesa Directiva, el primer paso acordado entre los miembros fue que, para la identificación del metal que componía la extraña roca, era necesario, para determinar su antigüedad, someter las muestras al fechado radiométrico usando el espectrómetro de masa por ionización termal de la Universidad de Bruselas, pero también usando la técnica del potasio 40, como Marie había sugerido. Estudios paralelos para la identificación del metal iban también a proseguir e incluían obtener la información básica del metal, tales como su número atómico, su peso o masa atómica, para empezar a deducir su posición en la tabla periódica y su potencial como un productor de energía.

Los estudios sobre el extraño metal fueron exhaustivos y, cada que salía nueva información o hallazgo sobre él, se corroboraba con similares, pero un poco diferentes, métodos científicos. En las subsiguientes reuniones entre la Mesa Directiva y nuestros dos sabios se informaba de los avances de tales estudios y se mezclaban frases y conceptos de alto valor científico, tales como número atómico, peso atómico/número de masa, fechado radiométrico de la roca por el espectrómetro de masa, usando la ionización termal; espectroscopía de la emisión óptica en el plasma de acoplamiento inductivo; yoctogramo de un protón por la nanotecnología, usando nanotubos de carbono para medir la frecuencia de vibración del metal; y muchos otros términos descriptivos de los métodos modernos, usados para identificar, lo más completamente posible, la naturaleza de un metal.

También se oían repetir nombres de las varias teorías y leyes que conforman las ciencias de la química, la física y la Mecánica del Quantum, y que, eventualmente, iban a regir la presentación al mundo científico del nuevo metal. Esos nombres incluían los conocidos: Einstein, Planck, Bohr, Newton, Oppenheimer, Schrödinger, Heisenberg, Von Braun, etc., etc.

Sorpresas agradables empezaron a llegar desde los diferentes laboratorios que estaban analizando las muestras de la roca, una de ellas fue que el fechado radiométrico indicaba que la edad de la roca era del tiempo cuando Theia chocó con la Tierra, o sea que la roca tenía, aproximadamente, cuatro mil quinientos millones de años de haber llegado a la Tierra. Este dato produjo una sonrisa en el Doctor Emil VanDerKluge, quien fue el que sugirió que el origen de la roca podría ser un pedazo de Theia, expuesto ahora en la superficie terrestre a consecuencia de una erupción volcánica. Tan simple como eso.

Emil fue felicitado por sus colegas y esperaron que las futuras noticias o datos confirmativos sobre el nuevo metal fuesen también halagadoras. Vino después lo que Otto y Marie esperaban: el espectrómetro de masa indicaba que el metal en la roca era un post-uranio con un peso atómico enorme y, hasta ese momento, predecible a tener un número atómico mayor de ciento veinte, o sea que el metal estaría por fuera de la tabla periódica actual y de los metales pesados producidos artificialmente cuando expertos usan el llamado "bombardeo de neutrones de un metal" y producen, así, isótopos que imparten cualidades diferentes al metal bombardeado, con la resultante de un nuevo metal "de laboratorio", que muchas veces trae pocas utilidades para la humanidad. Pero esta vez se estaba lidiando con y estudiando un metal ya existente en la naturaleza, sólo faltaba identificarlo y estudiar sus posibilidades como una fuente de energía fisionable y duradera que pudiera rescatar a la humanidad de su dependencia a los recursos energéticos no-renovables que, como se preveía, iban a agotarse tarde o temprano.

Como Otto y Marie habían intuido al principio de sus estudios en un rudimentario laboratorio adentro de una vieja bodega, de una vieja casa en algún lugar de El Salvador, y armados con un microscopio, varias fuentes de luz, un pizarrón, varios yesos de colores y unas libretas para escribir sus hallazgos, cuando las muestras tomadas de los anillos negros de la roca se exponían a la luz ultravioleta, se reflejaba una luz blanca. Esta observación les hizo mirarse entre sí y dedicarse una sonrisa de satisfacción, pues adivinaron, casi con certeza, lo que el metal en esos anillos podría representar. Sus mentes los llevaron a las leyes ya reconocidas del electromagnetismo, con sus aplicaciones en nuestra vida diaria. De inmediato escribieron en el pizarrón la simple deducción, ya demostrada por genios de la humanidad que vivieron siglos antes que nosotros (Faraday, Maxwell, Planck, Einstein, etcétera, etcétera), que se reduce a lo siguiente: energía = quanta (partícula indivisible de un átomo que absorbe, almacena y libera energía).

ENERGÍA = QUANTA = LUZ

LUZ = COLOR VISIBLE EN EL ESPECTRO
Y REFLEJADO POR OBJETOS

ESPECTRO = SIETE COLORES BÁSICOS,
RESUMIDOS EN EL COLOR BLANCO
Y ABSORBIDOS EN EL COLOR NEGRO

ULTRAVIOLETA = LUZ QUE PUEDE LIBERAR
Y DISPERSAR LOS SIETE COLORES
ABSORBIDOS EN EL COLOR NEGRO

ANILLOS NEGROS
DE LA ROCA = FUENTE PRINCIPAL
DE LA ENERGÍA EMANADA DE LA ROCA

LUZ DE COLOR VERDE = FUENTE INTERMEDIA DE ENERGÍA

LUZ DE COLOR ROJO = FUENTE MINÚSCULA DE ENERGÍA

Estos apuntes y observaciones, que parecen simples, se basaban, en realidad, en leyes de la física, química y mecánica del Quantum, en las que ellos dos eran expertos gracias a una dedicación de toda una vida a la ciencia. Así, observaciones sencillas como diferencias en la refracción de la luz por el metal estudiado cuando se observó en ambiente seco y en ambiente húmedo, tenían para ellos una explicación fundamental: el agua desionizada que usaron para estudiar las muestras era idéntica al vapor del agua que emana de la cima del boquerón, pues ambas formas del agua (vapor o líquida), están libres de contaminantes por elementos diferentes al agua. Así se reproducía, en un laboratorio rudimentario, en una vieja bodega de una vieja casa, en un pueblo de un lugar de El Salvador, lo que la naturaleza hacía diariamente en la cima del boquerón, usando la temperatura del subsuelo volcánico, la luz ultravioleta del sol y un metal, hasta ahora desconocido, producía un magnífico fenómeno, conocido por generaciones como "La Luz".

Los estudios sobre el metal del boquerón continuaban despacio, pero a paso seguro, pues un riguroso científico sabe que precipitarse en un estudio para llegar a un final, más temprano que tarde, siempre termina en fracaso. Poco a poco se fue determinando que el nuevo metal no entraba en las predicciones de los metales faltantes en la tabla periódica. Pudo determinarse que el nuevo metal poseía un buen porcentaje de isótopos inestables, los que son capaces de liberar energía o radioactividad en un elemento, así, el uranio posee menos del 1% de isótopos inestables, pero aun así ese pequeño porcentaje es capaz de producir y liberar las cantidades inmensas de energía que la humanidad usa para producir electricidad, esencial en el quehacer de la vida humana, para mover máquinas inmensas como submarinos o porta aviones. Aunque el hombre también ha usado tal energía para producir letales instrumentos como bombas capaces de hundirnos en una catástrofe universal sin remedio y sin salida.

El nuevo metal indicaba que su porcentaje de isótopos radioactivos era mayor que el del uranio, y se calculó, inicialmente, estar de entre 3.7% a 4.1%, de la masa total del metal. Este dato hizo saltar de gozo a la Mesa Directiva, y los abrazos para Otto y Marie por su gran descubrimiento fueron un merecido reconocimiento a su humildad y esmero con los que su vida de científicos había transcurrido hasta entonces.

Ese día, la Doctora Marie Blomme Vandekandelaere propuso que el nuevo metal tuviera un nombre que diese honor a las gentes y la región de El Salvador en donde fue descubierto. Propuso el nombre de "Lenkanium", el cual fue aceptado sin ninguna discusión. Otra vez, la humildad en el alma de los dos sabios de Bélgica brillaba con el esplendor más elocuente, el que ilumina y separa y enaltece a los grandes de este mundo. En ellos no había arrogancia ni las demandas del que descubre algo nuevo. Bien pudieron ellos sugerir un nombre diferente para el metal, nombres que pudiesen aducir a algo referente a su país, a sus apellidos o a sus nombres de pila, como muchos descubridores de nuevos metales creados en laboratorios han siempre demandado. Pero no, el horizonte en las mentes de Otto y Marie era siempre más ancho, más noble, que el de obtener alcurnia o prestigio entre la comunidad científica del mundo.

Otra vez, Otto y Marie y toda la Mesa Directiva celebraron no con champaña, como se acostumbra a hacer en ocasiones especiales, sino con la cerveza Stella Artois, la reina de Bélgica.

Ese magnífico día también se prometieron entre sí, todos los miembros de la Mesa Directiva, que la comunicación al gobierno de El Salvador sobre el descubrimiento del nuevo metal la harían en persona Otto y Marie lo más pronto posible, para sellar el boquerón totalmente, pues era imposible, hasta ese momento, saber la superficie total que la roca ocupaba en el boquerón. La industria energética de Bélgica sería informada, más tarde, y después de eliminar, de una lista hecha para tal efecto, firmas que habían dedicado esfuerzos a hacer dinero en maniobras sospechosas.

Se ideó el pacto que iba a formarse entre el gobierno de El Salvador y la firma, o firmas, de la industria energética de Bélgica que en un futuro minarían el metal. También se formuló el contrato específico que prohibía, para siempre y hasta el final de los días de la humanidad, la venta, aunque fuese una cantidad mínima, del preciado metal a países o gobiernos que pudiesen explotar sus cualidades radioactivas para producir armas destructoras. El metal se usaría para mejorar nuestras vidas y jamás para traer muerte o desgracia a cualquier punto de nuestro bello planeta.

Se hicieron los planes y se escribieron los documentos necesarios para el regreso de Otto y Marie a El Salvador. Todo se haría en completa discreción, no habría ninguna rueda de prensa para informar al país de lo que estaba ocurriendo. La veda al boquerón se instalaría inmediatamente y el gobierno de El Salvador compraría todas las propiedades establecidas en el boquerón, empezando desde el puente María del Pilar hasta la cima del boquerón y todos los alrededores del cerro, hasta completar toda su superficie y extender dicha superficie por algunos metros más, de unos cien a doscientos, por todo el alrededor de su falda.

El gobierno de El Salvador usaría la ley de Dominio Eminente para financiar y comprar, a precio justo, todas las señaladas propiedades del boquerón. Igualmente, sitios de vigilancia permanente se instalarían en los cuatro puntos cardinales, en la falda del cerro, para protegerlo de intrusos y dañinos ignorantes. El descubrimiento del metal iba creando un ambiente de feliz expectativa cuyos alcances no podían aún imaginarse. Los frenos a tal expectativa iban a crearse solos, y dependiendo de las cualidades físicas, verificables, del metal y de la cantidad que en realidad existía de tal metal adentro del cráter del boquerón.

La Mesa Directiva contrató a expertos geólogos de Bélgica y de Holanda para que acompañasen a Otto y Marie en una "misión geológica", en una región en El Salvador". No más detalles se dieron a esos geólogos, pues ninguno de ellos era miembro de la Mesa Directiva y existía el temor de que se pudiese divulgar lo que hasta el momento se sabía sobre el metal.

Los días iban pasando y los últimos detalles básicos sobre el metal estaban aún pendientes, tales como: cuál era el número exacto de protones y neutrones en el núcleo y cuántas órbitas de electrones podían inferirse que el metal poseía pero, más importante era saber cuántas sub órbitas, en su primer y segundo nivel de energía poseía el metal, pues de eso dependía en gran parte su potencial como fuente fiable de energía; además de completar, con la mayor exactitud posible, los estudios sobre valencia del metal y la imagen espacial o tridimensional de sus moléculas.

Pero la unicidad y lo extraordinario del metal ya se sabía, por lo que los pasos para su probable y futuro minado y su utilización en la industria del hombre se preveía, se adivinaba y, por lo tanto, era indispensable proteger al boquerón de manos extrañas al interés de un país pobre, pero con el potencial de entrar a una era de prosperidad inimaginable. La codicia no tiene límites y no reconoce fronteras, había que detener su llegada y cerrarle todas las puertas que necesita abrir para implementar su astucia en abultar sus ganancias sin importarle el daño que pudiese ocasionar a quien fuera. Para esto se necesitaba la humildad, la nobleza y la perseverancia de los sabios de Bélgica.

Emil VanDerKluge, el vaquero del grupo, reconocido por su jovialidad y congenialidad, fue invitado para que fuese a El Salvador, acompañando a Otto, Marie y a los geólogos. Emil no cabía en su asiento y creció un palmo más en su estatura cuando recibió la invitación. Se levantó de su silla para abrazar a Otto y a Marie y agradecerles ese gesto de confianza. Toda la Mesa Directiva estaba satisfecha por haber hecho tan acertada decisión de invitar a Emil y hacerlo partícipe del proyecto.

Cuando llegaron los resultados de los análisis de la roca por el potasio 40, los científicos de la Mesa Directiva volvieron a bromear entre sí, pues tales análisis sugerían que la roca tenía una edad de aproximadamente tres mil setecientos millones de años y, otra vez, fue Emil VanDer-Kluge quien hizo explotar en carcajadas a toda la Mesa Directiva de la Universidad de Bruselas, cuando, con un gracejo inesperado y lapidario, pero a veces necesario para traer momentos de relajación y solaz en los altibajos de los genios, recalcó:

—¡No vamos a pelear por unos cuantos milloncitos de años, PUES! — terminó su sentencia con el vocablo imperativo de los salvadoreños, lo que hizo reír aún más a los circundantes en la mesa.

***

OBSERVACIONES: A simple vista notamos que los nombres de estos genios corresponden a estirpes prevalentes en el norte de Europa, aduciendo que, con el tiempo, a través de los años y los siglos, estas gentes desarrollaron ciertas circunvoluciones cerebrales que les favoreció para salirse por una tangente y hacerlos afines a los simbolismos de la música y los números (la ciencia).

Capítulo II

En Bélgica, regreso a El Salvador

Nadie hubiera podido adivinar la belleza oculta en la apariencia de Marie, pues, además de usar unos lentes, o gafas, enormes, con marcos de carey, servían también para ocultar sus ojos color de avellana. Su cabello cobrizo, aunque abundante, se miraba siempre enjutado en una perenne "cola de caballo". Su cara no conocía el maquillaje, pero su cutis y sonrosadas mejillas atestiguaban de una vida saludable en un juicio metódico, apartado de vicios estúpidos. Cara alargada, pero simétrica; nariz afilada y un mínimo aguileña que hablaba torrentes de su herencia flamenca; pues el decir que "no hay narices respingadas en Flandes" es casi proverbial. Su mediana estatura de uno punto sesenta y dos metros (cinco pies y cuatro pulgadas), era el promedio en esos parajes de Bélgica. Regular ejercicio, tres veces por semana, en un gimnasio cercano a su domicilio y dieta rigurosa, sin excesos epicúreos, la mantenían en su peso ideal de cincuenta y cinco kilogramos (120 libras).

A sus treinta y cinco años de edad, su atlética figura se ocultaba bajo blusas de gran tamaño, pantalones horribles de grueso material y con un súper número de bolsas que le servían para acarrear libretas con apuntes, lapiceros, llaveros, teléfono móvil, dinero suelto, una billetera para las tarjetas de crédito, las fotos de la familia, licencias, billetes de diferentes denominaciones y varios papelitos doblados con escritos a mano, con lápiz o lapicero, que Marie guardaba y que hacían referencia a ideas científicas que ella tenía que escribir a la carrera y en el lugar que fuese cuando tales ideas le asaltaban la cabeza. En una de las gavetas de su escritorio Marie tenía una caja de madera delgada llena de estos papelitos con los apuntes que su genialidad le empujaba a escribir, para que no se olvidasen más tarde. El genio siempre ha sido así: imprevisible y exótico.

Para terminar, Marie usaba una enorme cartera, de cuero color gris y siempre llena de libros. La tal cartera tenía unos tirantes largos, también de cuero, y ella se la colgaba de uno de sus hombros, lo que hacía que la cartera le llegase hasta las rodillas. Su figura total era la del ensimismado que va directo a una meta sin fijarse en sus alrededores y que no puede perturbarse por pequeñas cosas, como el fin del mundo, por decir algo.

Un fin de semana, varios días antes de regresar a El Salvador, Otto, Marie y Hans viajaron a Kortemark para olvidar un poco el trajín que ocupaba sus mentes y para advertir a Hernán que estarían ausentes por cierto tiempo. Pasaron dos días relajados que les sirvieron de lienzo para disminuir un poco las preocupaciones diarias. Regresaron a Brujas ese domingo por la tarde, no dejaron de sonreír y llevar una conversación optimista en todo lo largo que duró su viaje de regreso.

Los preparativos que la comitiva de la Universidad de Brujas estaba haciendo para regresar a El Salvador fueron lo más completos posibles. Se hicieron varias revisiones del número y funcionalidad de los instrumentos y el equipo que iban a usar para determinar, si era posible, la superficie total que la roca ocupaba en el boquerón y por cuánto más se extendía hacia lo profundo del cerro. Los equipos e instrumentos que llevaban para su misión eran de lo más moderno y sofisticado en el campo de la geología, y aunque algunos de los instrumentos podían hacer mediciones comparativas, o idénticas, a algún otro instrumento, eran de diferente compañía o manufactura. Era preferible llevar esos respaldos a exponerse a que un instrumento fallase o se quebrase y no poder obtener los datos, importantísimos, que la misión estaba ya obligada a corroborar para luego presentarlos a la Universidad de Brujas. Así llevaban: dos sismógrafos, dos radares de penetración del suelo, un compás o calibrador macrométrico Vernier, un medidor para el mapeado, o alzamiento, topográfico del terreno alrededor del cráter y varios otros instrumentos que les servirían en la clasificación del origen de la roca.

La embajada de El Salvador en Bruselas se encargó de organizar las distintas entrevistas entre los miembros de la comitiva, exceptuando a los geólogos con los representantes del gobierno de El Salvador. La embajada también se ocupó de insistir que la llegada de la comitiva al país sería lo más discreto posible, para lo cual se evitaría que los miembros de la comitiva pasasen por los usuales trámites de migración en el aeropuerto y que fuesen recibidos en la sala VIP del aeropuerto, la cual se usaba para recibir a personalidades de otros países.

***

Llegó al fin el día señalado para regresar a El Salvador. Joseph, Marie y los geólogos iban quietos y pensativos en el microbús que los transportaba de Brujas al Aeropuerto Internacional de Bruselas. El único que no cabía en su asiento, por la excitación que se le salía en la sonrisa constante y en las preguntas y comentarios, también constantes, era Emil. Su contagiosa locuacidad y optimismo iban poco a poco haciendo mella en los viajeros, quienes al final se rindieron a la energía de Emil.

Ya para llegar al Aeropuerto, todos iban cantando, o más bien tartamudeando lo mejor que podían, el famoso "Cielito lindo", que Emil había sacado del internet, copiado en unos papeles y repartido entre los viajeros. Como era de esperarse, los flemáticos geólogos holandeses no se permitían tales fugas del espíritu y se limitaron únicamente a tararear el "Cielito lindo", lo cual, a pesar de todo, les trajo a ambos un ínfimo instante de alegría.

Después de doce horas de viaje que incluían una escala de dos horas, en el Aeropuerto de la Ciudad de México, aterrizaron en el Aeropuerto de San Salvador a las tres de la tarde de un día nublado de finales de octubre. La época de lluvias y huracanes iba disminuyendo en Centroamérica y se esperaba, para noviembre, un verano seco con temperaturas agradables en las regiones altas del Istmo.

Pero, como siempre, el último rugido del invierno hizo valer su presencia, con un chubasco de primera magnitud que llenó de nerviosismo a los recién llegados. Habían pasado ya por los requisitos migratorios y sido recibidos en el salón VIP del aeropuerto por los tres rectores de las sendas universidades de San Salvador, al igual que por el Ministro de Gobernación y su comitiva. Nuestros viajeros habían abordado un cómodo autobús que los llevaría a su hotel en San Salvador y eran seguidos por cinco o seis carros sedanes en donde iban las personas que los habían recibido en el aeropuerto cuando, varios minutos después de salir del aeropuerto, al ir subiendo una de las pequeñas montañas que hay entre el aeropuerto y San Salvador, se desató el chubasco con sorprendente furia y fuertes vientos. El motorista del autobús y los carros que venían atrás se desviaron a un cercano caserío, buscando refugio. Ahí esperaron a que el chubasco disminuyera su fuerza para poder proseguir, pues la lluvia era, en realidad, una gruesa cortina de agua que impedía ver con claridad la carretera.

Con paciencia y a pesar del cansancio, después de tan largo viaje, flamencos y holandeses esperaron la hora y pico que duró el chubasco hasta que, en un remanso y ya oscureciendo, reemprendieron su viaje. Los comentarios sobre el chubasco, un fenómeno tropical común en nuestros inviernos, fueron de admiración en nuestros viajeros, pues en sus respectivos países es muy raro contemplar, en tan corto período de tiempo, una hora y pico, la furia de la naturaleza y su sonriente calma después de tal furia.

Llegaron a su hotel totalmente exhaustos. Cenaron con una sopa de gallina con vegetales, pan francés, queso duro, vino de Rioja y postre de tarta de manzana con nieve de limón. Después de tal cena subieron presurosos a sus respectivas habitaciones y durmieron las nueve a diez horas que sus cansados cuerpos les exigieron para poder recuperar sus energías.

A las nueve de la mañana del día siguiente ya todos habían terminado de desayunar y estaban reunidos, sentados, alrededor de una mesa grande acomodada para ellos en el amplio corredor del hotel que servía de comedor y también de mirador, desde donde se podía admirar el enorme volcán que da asiento a la ciudad capital. Volcán que poco a poco está siendo inundado por construcciones de casas y edificios de apartamentos que empiezan a llenar las faldas.

Los geólogos no pudieron callar su admiración por la belleza de aquel paisaje, único y extraño para sus ojos y finalmente celebraron la imagen que entraba por sus pupilas a llenarles el alma con la vida rugiente de los trópicos. Con una ancha sonrisa se dieron golpecitos en los hombros, uno al otro, como signo de aprobación de que habían tomado una acertada decisión al acompañar a los flamencos a tan bello país.

El día amaneció luminoso y fresco gracias a la lluvia de la noche anterior. Todos estaban ansiosos de empezar el viaje hacia el pueblo, motivo de su presencia en el país y, como a las diez de la mañana, abordaron el mismo autobús con el mismo motorista que los había conducido el día anterior del aeropuerto al hotel. Se saludaron cordialmente y, con el estómago satisfecho por el opíparo desayuno, se dispusieron, optimistas, para un viaje de dos horas y ciento treinta kilómetros.

Ya en sus cómodos asientos, entablaron sus conversaciones en inglés, aunque Joseph y Marie dominaban el idioma holandés, por ser muy parecido a su idioma natal. De camino al pueblo, los recién llegados, especialmente Emil y los dos holandeses, se admiraron de la belleza natural que las lluvias de invierno traen al país con su verdor intenso y de variables tonos y las diferentes frutas que se venden en las pequeñas champas, hechas ya de varas o de láminas, que se ofrecen y se compran a lo largo de la carretera. También les impactó la palpable pobreza de los campesinos que hacen sus viviendas en ambos lados del camino. Fue Emil, otra vez, quien empezó a susurrar el "Cielito lindo" y esta vez fue Joseph quien, gracias a sus esfuerzos por aprender el idioma español, unidos a su enorme inteligencia y un cerebro de esponja que absorbía cualquier nuevo conocimiento, había aprendido bastante del idioma al igual que muchos dejos comunes en El Salvador, fue él quien, después de algunos minutos de escuchar los susurros y bajos tarareos de Emil, le preguntó, imitando el acento guanaco:

—¿Y qué no te sabés otra canción vos, pues? —lo que despertó carcajadas en el motorista salvadoreño y los demás pasajeros.

El viaje continuó sin problemas y se detuvieron a tomar fotos del valle del Jiboa y, más adelante, en el río Lempa que, por virtud de las copiosas lluvias, estaba crecido y desbordando de sus cauces. La inmensidad del río les hizo recordar los grandes ríos de Europa en los que ellos estaban acostumbrados a navegar y recrearse.

Llegaron al pueblo a mediodía. La vieja casa colonial estaba, como había estado para Joseph y Marie, preparada para recibirlos. Reina les tenía ya listo un almuerzo de camarones al ajillo, arroz relleno, queso parmesano, tortillas de maíz y jugos de mango, arrayán y naranjada. También les había hecho, para la cena, y ya en el refrigerador, spaghetti, albóndigas en salsa de tomate, pimiento y pepita de calabaza, y verduras cocidas —pues ya se le había advertido de hervir o cocinar todos los vegetales para evitar la posibilidad de una infección intestinal en los extranjeros visitantes. Reina regresaría por la tarde para calentar las viandas y servírselas, para que su primer día en el pueblo transcurriese sin premuras.

Los cinco se acomodaron en los cuatro dormitorios de la casa y varios minutos después se vio a Emil en su traje de baño, chancletas de hule y una toalla, zambullirse en la piscina y dar un grito de sorpresa:

—¡Esta agua está helada! —para después seguir chapaleando y poner su cabeza bajo la pequeña cascada de la fuente.

La envidia hizo lo suyo y los holandeses no tardaron en meterse en la piscina, rogándole a Emil que por favor no cantase más el "Cielito lindo".

El encanto de la vieja casa, con sus arcos y sus columnas, llenó a todos de una inesperada paz. Toda la tarde la ocuparon en desempacar sus maletas y revisar sus instrumentos y equipo. Todo estaba en orden y listo para empezar.

La Alcaldía envió a cuatro policías que les servirían de guías y guardaespaldas. Los policías presentaron sus credenciales a los visitantes y les ofrecieron ayuda permanente por si deseaban conocer el pueblo, salir a sitios cercanos, etcétera. También les comunicaron que los acompañarían, cuando estuviesen de acuerdo, para subir al boquerón.

Esa tarde, después de la cena, subieron todos al jardín aledaño a la casa, se acomodaron en el rancho mirador y luego Marie se refugió en una hamaca que el cuidandero había afianzado entre dos horcones del rancho y dejó que los demás curiosearan por las sendas y rincones del bello jardín. Bajaron a la casa ya de noche; Marie insistió en escuchar su música y se deleitaron con una sonata de Beethoven antes de retirarse a dormir.

Todos ellos se despertaron temprano. Esther les llevó el desayuno de huevos estrellados con salsa ranchera, frijoles negros refritos y con crema, tamales de elote, queso duroblando, tortillas de maíz, jugo de naranja y café negro de media altura, pues era de las primicias de las cosechas de noviembre. Era imposible conseguir café de cinco mil pies de altura, pues tal café madura más lento y se cosecha desde mediados de diciembre hasta finales de enero. Este último es famoso por su suavidad y su distante sabor a chocolate.

Cuando llegaron al pueblo, las fiestas patronales habían ya terminado y los rezagados vendedores de dulces típicos y chucherías estaban desarmando sus tiendas y empacando sus tiliches para trasladarse a otros pueblos y a otras fiestas patronales. Aun así, los europeos pudieron comprar algunos dulces típicos que les llamaron la atención, tales como el dulce de toronja con una cereza en el medio, mazapanes, miniaturas de dulces de tapa envueltos en tuza de maíz, deliciosos dulces de tamarindo, canillas de dulce de leche, cocadas y varios otros que aún quedaban por vender y que ellos decidieron saborear, además de empacar algunos para llevarlos a Bélgica y Holanda para compartirlos con sus amigos y familiares.

Los policías habían llegado temprano y estaban en la calle, esperando a que los europeos terminasen de desayunar para emprender la subida al boquerón. Las lluvias recientes y los vientos de octubre, augurando el verano de los trópicos, refrescaban el ambiente e imprimían su vitalidad en los espíritus. Se habían contratado cuatro mozos para ayudar con el transporte de los instrumentos y equipos. La salida hacia el boquerón no dejó de impresionar a los pueblerinos que andaban por ahí, ya de compras en el mercado o haraganeando en las bancas del parque central del pueblo.

La comitiva, con sus quince miembros, hacía recordar imágenes de viejas películas de safaris, pues los cinco europeos iban vestidos con idéntica indumentaria de color caqui, sombreros del mismo color, los mozos en una fila cargando las petacas de los instrumentos; Marie llevando una su sombrilla; los seis policías cuidando la batuta y la retaguardia; y pues sólo faltaba, para completar la imagen, que uno de los europeos empezara a fumarse una pipa y se oyera en la distancia el grito de Tarzán avisándole a Jane y a Chita, su inseparable mono, que él, Tarzán, ya venía de regreso a casa, viajando de bejuco a bejuco y que traía un hambre atroz, pues acababa de matar a un león y expulsado del continente a todo un ejército europeo que andaba por ahí fregando a la gente; aún más, usando el parco lenguaje de los grandes monos que él aprendió desde que estaba chiquito, dejar ir el famoso grito que atravesaba selvas y desiertos para comunicarle a Jane otras noticias, tales como: ¡UMBAWE!, ¡KWANGANDA!, !TARZÁN!, ¡UMBAWE!, ¡ZULUANDA!, ¡WANDANGA!, que quiere decir, "Ahí te dejé madurando unos guineos majonchos pa' la Chita y te traigo una piel de cocodrilo pa' que te hagás unas carteras y le des una grande al jefe de los Zulú y otra más chiquita pa' la mujer del jefe de los Ban Dar, los enanos envenenadores que siempre han sido cheros de Tarzán". Y la Jane, que es bien abusada para los negocios y domina el caló de los grandes monos, ya había abierto una academia para instruir en el tal lenguaje a los turistas europeos.

Varios niños curiosos se acercaron a la comitiva para saludar a los europeos y preguntarles, en apretado inglés, el famoso: "¿Jaguar yu?", que los amables europeos contestaban con una sincera sonrisa, tan grande como su éxtasis de estar en un país extraño y algo primitivo que les expresaba una amabilidad y bienvenida que les llenaba de gozo y seguridad de que estaban en la senda correcta para transformar el mundo y que millones de habitantes de ese mundo iban a beneficiarse del metal que habían encontrado en el pueblo; pueblo del que ellos ya empezaban a sentirse como que si estuvieran en su propia casa.

La subida al boquerón transcurrió lenta, pero sin percances; las lluvias habían hecho crecer el cauce del río y las veredas estaban un poco resbalosas, los bañistas y las mujeres lavando ropa podían verse aún en las pozas y las riberas del río. Ninguna de estas personas podía ya subir hasta el boquerón, pues la alcaldía había emplazado un cerco de valla metálica, impidiendo el paso a cualquier persona que no mostrase un permiso extendido por la alcaldía.

El cerco empezaba a unos doscientos cincuenta metros de la desembocadura del río en la quebrada que divide en dos al pueblo. Dos puestos de guardia, uno a cada lado del río, aseguraban que ningún intruso pudiese subir al boquerón y crearle trastornos a la roca o a los alrededores de ella. La vigilancia era permanente, con cambios de los policías vigilantes cada doce horas. Las protestas iniciales de los pueblerinos fueron eventualmente apagándose cuando la razón entró en sus cálculos, pues se adivinaba que lo que el boquerón escondía en sus profundidades iba a ser beneficioso para todo el pueblo.

Los policías que acompañaban a los europeos saludaron a los del puesto de guardia, quienes abrieron el pequeño portón del cerco para que la comitiva continuase su ascenso al boquerón. Las frases de admiración por parte de Emil y los holandeses no se hicieron esperar cuando estos empezaron a ver las diferentes aves que habitan en la montaña y, especialmente, cuando divisaron al bello Torogoz, ave que jamás ellos podrían haber adivinado que existía. Como siempre, Emil fue quien se adelantó con su pensamiento y declaró:

—Tendremos que proteger el hábitat de estas bellas aves y hacerlas parte esencial de nuestros reportes.

Todos estuvieron de acuerdo con la sabia idea de Emil, pues esto quería decir que cualquier decisión de aceptar una compañía minera de cualquier país iba a basarse en que tal compañía tenía que comprometerse a no producir irreparables daños al ambiente en donde vivían y crecían esa multitud de bellos seres alados. El más bello de todos: el Torogoz, rival de los quetzales que pían y no cantan. El Torogoz existe en las montañas de El Salvador para bálsamo que cura las heridas del espíritu; nadie puede tocarlo y lastimar su libertad con las huellas del hombre. Cuando él a veces canta, los rumores de la selva se paran a escucharlo. Su canto, que también es como un llanto, es el murmullo que arrulla al alma de una patria, es el himno a la tristeza de una raza perseguida desde siempre y es la pregunta al destino, "¿Hasta cuándo será así?"

Cuando Emil contempló la exquisita belleza de esta ave sin par, entró en su conciencia de hombre noble la necesidad de proteger el hábitat de una espléndida criatura que viaja siempre solitaria en la espesura de sus bosques, que es dócil, pero no mansa; que es libre en su montaña y hay que dejarla así. El Salvador no tiene recursos naturales, pero sí el hervor en la tenacidad y enjundia de sus gentes, la tozudez en el trabajo y la esperanza de que mañana será un día mejor; su tesoro es la belleza de su tierra y su fortuna es tener un Torogoz.

Finalmente, los europeos alcanzaron el boquerón de la montaña y tomaron multitud de fotografías, no sólo de la saliente roca en medio del río, la roca que primeramente había llamado la atención de Joseph y Marie, sino también de la enorme roca cuya superficie estaba mayormente cubierta por maleza. Las dos rocas mostraban los perjuicios causados por los ignorantes pueblerinos, pues se veían, en su superficie, innumerables señales de los intentos de socavarles cuantos pedazos pudiesen arrancar, usando clavos, cinceles y martillos. Los europeos hicieron vista gorda a tales actos de ignorante codicia y se dedicaron a armar sus instrumentos. El mapeo topográfico o "levantamiento" del terreno fue lo primero que hicieron los holandeses, mientras que Joseph y Marie, usando una pequeña sierra eléctrica, se dedicaron a separar con sumo cuidado muestras de buen tamaño de las rocas que estaban al descubierto. Con esa sierra pudieron separar buenas porciones de la roca que mostraba las venas (verdes y rojas) y los anillos negros. Con sumo cuidado guardaron las muestras en recipientes traídos especialmente para dicho menester.

Al terminar su mapeo topográfico del boquerón, los holandeses emplazaron sus sismógrafos y, ese día y a esa hora, no registraron ningún temblor ni tampoco detectaron grietas o falsos en las vecindades de la montaña.

El mapeo de la roca fue exhaustivo y muy complicado, fue muy difícil reconstruir la superficie de la roca, pues, al seguir tal superficie con sus radares, se percataron que la roca ofrecía muchos promontorios con pequeños valles entre tales sobresalientes. Así percibieron que el pequeño río corría sobre una parte de la roca y que la roca primera, la que llamó la atención de Joseph y Marie y que sobresalía en medio de la corriente del río, no era más que uno de los promontorios en la integridad total de la roca.

Después de varias horas de mapeo, se llegó a la aproximación de que la superficie medible de la roca, que incluía una irregular profundidad de tres metros en todo su alrededor y que fue posible excavar, era de ciento veinte metros por noventa metros, o sean 10,800 metros cuadrados de superficie. Luego de deducir los límites externos de la roca, usaron sus radares de penetración del subsuelo con la intención de mapear, lo mejor posible, no sólo la superficie irregular de la roca, sino también la profundidad que alcanzaba la roca en las entrañas del volcán. Sus datos daban una imagen de algo extraordinario: la roca no era una sino varias rocas diferentes, incrustadas en lo que parecía haber sido la fumarola del volcán; las separaciones entre las rocas hablaban de tal conclusión. Lo que fue aún más extraordinario fue que el radar no pudo encontrar la base de la roca en la fumarola del volcán, pues el alcance del moderno radar de penetración del subsuelo tenía un máximo de cien a ciento veinte metros y la roca daba indicios de que su base estaba más profunda que los ciento veinte metros. Otro dato importante era que, al término de la redondez de los bordes de su medible superficie, la roca, o rocas, se extendían verticalmente hacia abajo, hacia lo profundo del boquerón. Una imagen mental se formó en los geólogos, que iban a describir el hallazgo como si fueran varias torres o columnas rocosas con pequeños espacios o corredores entre ellas y que se extendían, verticalmente, desde lo profundo del volcán, hacia arriba, hasta salir del cráter, en donde se unían en una cúpula común con una superficie irregular que se había ya medido y que era de ciento veinte metros por noventa metros.

Tal cúpula tenía, de acuerdo con las mediciones hechas por el radar, un grosor de unos veinte metros, incluyendo los tres metros que se habían excavado para medir la superficie expuesta de la roca. El grosor fue calculado así por los geólogos, pues después de esa profundidad de veinte metros empezaban a dibujarse en el radar los espacios o divisiones entre las torres rocosas.

El cráter mismo del Boquerón fue medido por los geólogos y resultó tener una superficie de doscientos veinte metros por ciento setenta. La altura del volcán, empezando desde el inicio de su falda hasta su cima, fue también medida y resultó ser de seiscientos veinte metros de altura. Por estas razones, los geólogos habían sugerido que el área protegida alrededor de la falda del volcán debería tener, como mínimo, cinco kilómetros de radio, considerando como el inicio de tal radio el centro de la cima del boquerón. De esta manera, se cubría un área de unos noventa a cien kilómetros cuadrados, área en la cual pudieron haber caído rocas conteniendo el preciado metal cuando fueron lanzadas al espacio por la fuerza titánica del volcán al momento de su erupción, miles de años atrás.

Lo que faltaba por explicar era por qué el agua en la cima del boquerón era caliente, pues los geólogos no pudieron encontrar con sus radares ningún indicio de que un río subterráneo fluyera en las proximidades. El pequeño río Chagüite se formaba de pequeños manantiales que bajaban de los montes vecinos, pero, según los geólogos, era posible que la fumarola o chimenea del antiguo volcán aún alcanzara cierta profundidad en donde alguna actividad, o magma, pudiera persistir, lo cual podría producir vapor caliente que, al alcanzar la superficie, calentaría los pequeños manantiales que nutren al Chagüite. Esta explicación fue suficiente para los demás, pues no había manera de corroborarla y, además, parecía lo más factible.

Los datos que se habían acumulado hasta entonces llenaron de satisfacción a los científicos, pues tales datos serían los que iban a atraer a compañías mineras e interesarlas en invertir el necesario capital para la industrialización del metal. Emil, otra vez, fue el que se apartó del grupo e hizo varias caminatas en diferentes direcciones del boquerón y finalmente, al término de una de esas caminatas, declaró:

—¡Vamos a necesitar un pequeño lago artificial para poder minar esta inmensidad de roca! —los holandeses acataron esa idea y acordaron mencionarla en sus reportes. Emil continuó con su declaratoria. —Tal lago podría llenarse con las lluvias que nunca terminan de caer en éste país —lo que trajo sonrisas en los demás.

Emil ya había notado un pequeño valle cercano al boquerón que, a simple vista, parecía tener dimensiones de unos doscientos metros por cien metros, lo cual comunicó a sus acompañantes, quienes hicieron el recorrido para contemplar el pequeño valle y asintieron, con sus gestos, lo apropiado de la idea de Emil.

Hasta ese momento, era imposible decir si en las partes sumergidas de la roca en lo profundo del boquerón iban a encontrase vetas de color verde o rojo o, igualmente, si se encontrarían anillos de color negro. Ese era un riesgo que las compañías mineras tendrían que afrontar si se decidían a minar la roca. Los reportes de los geólogos incluirían esta posibilidad. Ya los geólogos sabían que la roca era de origen volcánico y las características de ella favorecían al tipo metamórfico, el que se forma en las profundidades de la tierra y es expuesto a la superficie por erupciones volcánicas o terremotos. Tales rocas suelen contener metales raros, como el uranio y el plutonio.

Bajaron contentísimos del boquerón. Después de un almuerzo de sopa con tortas de pescado, pan francés tostado y ensalada de pepino y rebanadas de tomate con limón y sal y alcaparras, tomaron una pequeña siesta e hicieron planes para visitar un pueblo cercano, conocido por su cría de gallos de pelea. Dicho pueblo tiene un restaurante con un enorme patio en donde guardaban, cada uno en su jaula, a los bellísimos gallos de pelea. Su vistoso, multicolor y brillante plumaje junto a su elegante postura fascinó a los europeos, quienes tomaron docenas de fotos y videos de los impresionantes y temibles gallos de pelea de El Salvador.

Desde el restaurante, edificado en el borde de un risco, pudieron contemplar un paisaje que incorporaba distantes montañas, un lago y el río Lempa serpenteando a lo largo de los valles en su camino al océano Pacífico. Ordenaron algunas botellas de vino y platillos o "bocas" de galletas saladas con queso Petacones y aceitunas rellenas con anchoa. Los policías ordenaron sodas para acompañar un pastel de limón.

En su viaje de regreso al pueblo, decidieron no cenar en la casa sino caminar hasta los puestos de pequeños restaurantes que hay en los predios de la Alcaldía y saborear los taquitos en el puesto del Chino Morataya junto con pupusas de queso con Loroco en el puesto de La Niña Iselda. Así lo hicieron e invitaron a cenar a los policías. Pasaron un rato de satisfacción por el trabajo que habían completado y por haber saboreado sus taquitos en medio del bullicio de un medio centenar de pueblerinos que llenaban las sillas y mesas de los diferentes puestos. Al terminar su típica cena, el grupo se encaminó a una nevería cercana, enfrente del parque, y se deleitó con los diferentes sabores de los helados que la nevería ofrece todas las tardes de todos los días.

Ya entrada la noche, regresaron a la casa a descansar, agradecieron a los policías por la compañía y ayuda que les estaban brindando y, antes de retirarse a dormir, Emil insistió en que le acompañaran a escuchar un CD, con el "Rondó para flauta" de Mozart, que Emil había traído de Bélgica y que era su favorito, porque él, Emil, tocaba bastante bien la flauta. Escucharon el concierto y, aunque a mitad del concierto Marie ya estaba soñolienta y cabeceando, esperaron respetuosamente a que terminase la última nota del rondó y se retiraron a dormir y recuperar sus gastadas energías.

El día amaneció nublado y con lloviznas esporádicas, lo que aprovecharon todos ellos para empezar a escribir los reportes que presentarían a la Mesa Directiva. Revisaron entre sí los más mínimos detalles del aspecto del boquerón y sus alrededores para no dejar pasar nada por alto y que pudiera ser valioso en un futuro cercano. Hicieron hincapié en lo difícil que sería subir máquinas a la cima del volcán y la necesidad de abrir una amplia calle, paralela al río, y las otras dificultades logísticas que ellos observaron y detallaron en sus reportes.

Al ir enumerando las dificultades que deberían resolverse antes de empezar el minado del metal, se dieron cuenta que la inversión de capital iba a ser enorme y que requeriría la participación de gobiernos con grandes fondos monetarios, como Bélgica y Holanda, para respaldar tal empresa. El potencial que el metal ofrecía de cambiar la trayectoria mundial, en lo que se refiere a energía, era tal que los flamencos y holandeses no dudaron que sus reportes y los datos científicos sobre la roca serían lo suficientemente completos y convincentes para que dichos gobiernos se enlazaran y aprobaran los fondos necesarios para emprender tal proyecto. Pensando así, los europeos redactaron una carta para presentarla al Presidente de El Salvador, en ella le sugerían hacer una proclama y declarar al boquerón, el Chagüite y el volcán entero, en donde se asentaba la roca como Patrimonio Nacional, para así proteger el sitio de cualquier intruso, incluyendo gobiernos de países que, eventualmente, conocerían del hallazgo. Sugirieron, además, utilizar la ley de Dominio Eminente para comprar, a precio justo, todos los terrenos alrededor del volcán, abarcando un mínimo de mil metros de radio, empezando desde las faldas geográficas del volcán, y declarar mil metros más de extensión de dicho radio como "zona protegida y exenta de proyectos industriales, comerciales o vivienda de cualquier tipo" para un total de unos veinticinco kilómetros cuadrados. Tal carta fue llevada a la Alcaldía y dada al alcalde por Emil, quien fue acompañado por dos policías. El alcalde lo recibió de inmediato y le aseguró que la carta sería entregada al Presidente de El Salvador ese mismo día.

El alcalde era del mismo partido político que el Presidente y eso garantizaba, en cierta forma, que la carta llegaría a su destino sin que se interpusieran las conocidas demoras burocráticas. Un mensajero, llevando la carta con el sello de la alcaldía del pueblo, fue enviado esa misma tarde a San Salvador, capital del país, con la obligación de entregar la carta de los europeos a la secretaria del Presidente de El Salvador.

El día transcurrió sin novedades para los europeos e hicieron planes para una segunda visita al boquerón para el día siguiente. A las diez de la mañana de ese día siguiente, un carro sedán negro, seguido de una patrulla policial y un pick-up con cuatro soldados, se estacionaron enfrente de la casa en donde estaban alojados. Del carro sedán salieron dos hombres de unos cuarenta años de edad y una mujer joven de unos veintiocho a treinta años de edad. Los policías y los soldados ocuparon las cuatro esquinas contiguas a la casa y bloquearon uno de los sentidos de la calle para permitir solamente el paso al tráfico que subía por la calle. La joven mujer usó el viejo golpeador de bronce con figura de león del aldabón de la puerta frontal de la casa y golpeó tres o cuatro veces la chapa para anunciar a los ocupantes de la casa que tenían visita.

Uno de los geólogos holandeses abrió la puerta y se extrañó de la oficialidad de los recién llegados, pero los invitó a entrar. La joven mujer lo saludó en inglés, pues ella era la traductora que los dos hombres que la acompañaban usarían para comunicarse con los europeos.

Se sentaron todos alrededor de la mesa del comedor, pues la tal mesa podía acomodar de ocho a diez personas. La joven mujer introdujo a los dos señores como representantes del Presidente de El Salvador. Uno de ellos, un señor de mediana estatura, incipiente calvicie, gafas horribles y un aspecto de seriedad indiscutible, era el Viceministro de Gobernación del país. El otro señor era lo opuesto al primero: alto, quijotesco, de enmarcado bigote, de acentuadas líneas alrededor de la boca que indicaban su buen humor y su facilidad para sonreír, sin lentes y de abundante cabellera de color negro que empezaba a teñirse, en sus sienes, con las cenizas del tiempo. Este señor era el Viceministro de la Corte de Cuentas de la República de El Salvador y amigo personal del Presidente, además de tener parentesco con él, pues era el esposo de una prima hermana del Presidente.

Este señor traía un mensaje muy especial para los europeos y era que, después de haber leído la carta de Emil y haber analizado la historia de los europeos, desde la primera incursión al boquerón hacía ya varios meses, y hablado con el Embajador de El Salvador en Bruselas, el Presidente agradecía, a través de los presentes enviados, la diligencia que los científicos habían demostrado en su proyecto. Los felicitaba por haber descifrado el misterio de La Luz en el Boquerón y ofrecía, de parte del Gobierno de El Salvador, un respaldo y aprobación a todas sus sugerencias, además de prometer la inversión de capital para iniciar la industrialización de la roca, para lo cual el Gobierno de El Salvador invertiría la cantidad de quinientos millones de dólares por el 50.4% de propiedad del proyecto total para asegurar la mayoría del voto cuando se presentasen posibles asociados al proyecto, ya fuesen países o empresas privadas. Igualmente, se aseguraba a la o a las compañías de Bélgica y Holanda, que se encargarían de la extracción del metal, la franquicia estatal para poder importar los equipos necesarios para tal extracción. El Viceministro del Tesoro hizo el comentario, el cual era ya *vox populi* en El Salvador, que quinientos millones de dólares representaban, únicamente, el 25% de lo que tres pequeños ladrones y expresidentes de El Salvador se habían robado de la pobreza nacional, pues, en realidad, lo robado por esos tres mañosos ascendía a dos mil millones de dólares y que invertir quinientos millones de dólares en un proyecto que iba a favorecer a siete millones de salvadoreños no sólo era factible, sino que era obligatorio y necesario.

Todo parecía y auguraba un éxito para el proyecto.

Esa tarde, una familia del pueblo, descendiente de dos pioneros de Suiza y conocida en el país no sólo por su fortuna y filantropía, sino también por haber introducido mejoras al grano de café, que hicieron que la producción de este grano fuese más abundante y de mejor calidad, envió una invitación a los belgas y holandeses para que subiesen a su finca a saborear platillos típicos del país.

Tal finca está situada en la cima del volcán que asienta al pueblo y produce, por su altitud, el mejor café de la región. Un miembro de esa familia, Maurice, era ingeniero y agrónomo, y había construido una casa dentro de la finca, de la cual se aprovechaba la altitud para contemplar, desde su terraza y balcón, un paisaje maravilloso que incluye una hilera de volcanes, el pueblo, allá abajo, el gran valle del río Lempa, con un lago o represa en la distancia y pequeñas montañas, allá lejos, llenando el horizonte.

Los europeos aceptaron la invitación y la familia envió un vehículo 4x4 para transportarlos a la casa familiar en la cima del volcán.

Pasaron una tarde espléndida, con el curioso Emil explorando los confines de la finca, usando pequeños vehículos conocidos como *all terrain*, que la familia puso a su disposición para que fuesen acompañados por Maurice y otro trabajador de la finca.

Emil regresó de tal excursión cargado de guayabas, granadillas y mangos sazones que crecían por doquier en la finca. Era un placer ver su infantil sonrisa y escuchar sus relatos sobre tal excursión.

—¡Casi me caigo al dar un giro en una vereda! —explicó a todos, quienes sintieron un poco de envidia por no haberlo acompañado al haber decidido quedarse en la casa, saboreando atole de elote, riguas con queso, lomito aderezado en salsa de tamarindo y las famosas pupusas de chicharrón o de queso con loroco.

Maurice les obsequió varias libras de café de altura, cosechado en la finca y empacado en un beneficio cercano, también propiedad de la familia.

Antes de anochecer regresaron al pueblo, felices y agradecidos por la hospitalidad que el país entero les demostraba. Expandieron aún más sus reportes y, aprovechando el calor de la tarde, todos, incluyendo Joseph, se refrescaron en la piscina y después descansaron en las mecedoras del corredor de la casa antes de irse a dormir.

El día siguiente trajo preocupaciones para el grupo, pues Marie amaneció con náusea y rehusó desayunar. Se sentía fatigada, pero no tenía fiebre. Las preguntas y las dudas empezaron a surgir: ¿qué pudo hacerle daño de la cena del día anterior?, ¿la habrá picado alguna alimaña?, y otras preguntas similares. Decidieron llevarla al pequeño hospital del pueblo, que estaba recién inaugurado. Tal hospital llevaba el nombre de David King, por ser este señor y su familia los que donaron la tierra y el hospital para beneficio del pueblo. La fortuna y filantropía de David King y su familia, de Garden City, New York, habían equipado todos los servicios del hospital, y que mantenía el personal necesario. El hospital se convirtió en un punto de referencia para la salud de los habitantes del pueblo y sus alrededores.

Cuando los europeos llevaron a Marie al David King, la sala de espera estaba abarrotada de pacientes, con sus familiares, esperando atención médica. Los policías que acompañaban a los europeos se adelantaron a explicar a las muchachas en la oficina de registro de pacientes lo que pasaba, lo que hizo que una de ellas se apresurara a comunicarle al Director del Hospital la importancia del asunto. El Director se acompañó de uno de los doctores del hospital para saludar a los europeos y luego condujeron a Marie a uno de los cuartos de consulta y examen. Dos enfermeras se hicieron presentes durante tal examen y el doctor ordenó los estudios preliminares, incluyendo el ultrasonido del abdomen. Después de cierto tiempo, el laboratorio y el técnico de ultrasonido entregaron al doctor los resultados de tales estudios. El doctor los revisó con cuidado y decidió llamar a Joseph, el padre de Marie, para que lo acompañase al consultorio, en donde estaba Marie esperando los resultados.

Joseph no pudo ocultar su preocupación cuando el doctor le pidió que lo acompañase a donde estaba Marie para darles los resultados de los análisis: Joseph se puso pálido y sintió un ligero mareo, el doctor lo asistió y le sugirió que se sentara hasta que pasase el mareo. Joseph se recuperó prontamente y acompañó al doctor al consultorio para hablar con Marie. Al entrar al cuarto de examen, Marie notó la cara de preocupación en Joseph y se apresuró a preguntar:

—¿Pasa algo malo?

El doctor le respondió:

—No, señorita Marie, yo diría que es todo lo contrario, pues los análisis indican que está usted embarazada, por lo cual todos nosotros, en el David King, la felicitamos de todo corazón.

La sorpresa se dibujó en las caras de Marie y Joseph, que luego cambió a una expresión de felicidad incomparable. Padre e hija se abrazaron en un llanto de agradecimiento, murmurando:

—¡Bendito sea Dios!

El resto del día fue atareado para el grupo. Marie hizo varias llamadas a Bélgica para comunicar a su esposo y familiares la inesperada y emocionante noticia. Hans, que iba viajando entre Amberes y Brujas cuando recibió la noticia, tuvo que detener su vehículo y apartarse a un lado de la carretera para recuperarse de la impresión de que iba a tener un hijo. De ahí en adelante y hasta llegar a su casa, Hans no pudo contener la emoción y necesitó detener su coche varias veces más, subir las ventanillas del coche para encerrarse en él y poder dar enormes gritos de algarabía.

La noticia no pudo haber llegado en mejor tiempo, pues Hans acababa de ser nombrado el principal representante, en Brujas, de una importante compañía de diamantes de Amberes y esto le permitiría permanecer más tiempo en Brujas y ver crecer a su familia.

Marie, por su parte, empezó a tener ideas extrañas, las que comunicó a su padre. Una de esas ideas, que se le ocurrió de pronto y la creyó plausible, era la de ver si su hijo podría nacer en El Salvador y así tener la doble nacionalidad de belga y salvadoreño. La otra idea era la de convencer a Hans y a Joseph de comprar alguna propiedad en El Salvador y construir una casa para pasar en ella los días fríos y oscuros del invierno del norte de Europa.

Aunque hubiera parecido increíble, Joseph asintió a la idea y propuso cooperar con alguna cantidad de dinero para que la idea se finalizara. Emil, quien ya estaba enamorado del país, se propuso, sin decírselo a nadie, hacer lo mismo que Marie y, con suerte, encontrar algo adecuado en donde construir su casa.

Las coincidencias siempre vienen juntas y, a veces, se amontonan. Cuando Joseph y Marie hablaron con Maurice, y le dieron la noticia sobre el embarazo de Marie, sobre sus deseos de comprar algo adecuado y le preguntaron si él conocía alguna agencia de bienes y raíces que les pudiera ayudar en la búsqueda, Maurice les dio dos o tres nombres de tales agencias y también los invitó a que visitaran un parcelamiento cercano al pueblo, a unos dos mil quinientos pies de altura sobre el nivel del mar, que él y un amigo habían comprado y completado ya todos los registros necesarios para parcelar una antigua finca de unas nueve manzanas (catorce acres) de superficie y que estaba en el camino a su finca. Este dato les pareció estupendo a Joseph y a Marie y acordaron con Maurice ir a visitar la parcelación al día siguiente.

El alborozo de los europeos había inundado la casa y los planes para revisitar el boquerón se cambiaron por planes de regresar a Bélgica y empezar a conversar con y decidir sobre las compañías que harían el minado del preciado metal. Se acordó dejar algunos instrumentos en el pueblo, para lo cual pidieron permiso a los dueños de la casa de usar la bodega para tal efecto; permiso que los dueños dieron con todo gusto. Decidieron dejar aquellos instrumentos de los cuales ellos habían traído pares, forraron con plástico transparente los contenedores que guardaban y protegían a los valiosos instrumentos, los acomodaron en los estantes de madera, construidos a propósito en las paredes de la bodega, la cual cerraron con candado. Dieron una de las llaves del candado a Don Cruz, el cuidandero de la casa y del jardín, para que, en su momento, la entregase a los dueños de la casa. Igualmente, Marie preguntó a Maurice por nombres de ginecólogos en San Salvador que podrían ser los que se encargaran de su cuidado y vigilancia durante los períodos finales, antes del parto y durante el parto. También le preguntó por un neonatólogo, que se ocuparía del cuidado inmediato del recién nacido. La preocupación de Marie venía de saber que un embarazo a su edad, de treinta y cinco años, podría requerir cuidados especiales que ella no podría obtener en El Salvador y obligarla a que su hijo naciese en Bélgica y no en El Salvador, país por el cual ella abrigaba ya un especial cariño.

A las diez de la mañana del día siguiente, Maurice se presentó en la casa con dos vehículos 4x4 para llevar al grupo y dos policías a conocer la parcelación, la cual estaba a unos dos kilómetros de la casa. Maurice le entregó a Marie uno de los planos aprobados de la parcelación. Emil también pidió uno de los planos, lo cual hizo que todos ellos se miraran entre sí, pero no dijeron una sola palabra y se callaron sus sospechas sobre lo que Emil pudiera tener en mente. Todos recorrieron la parcelación y admiraron la abundante vegetación y los restantes árboles de café que hablaban de lo que había sido la finca. Los gigantescos árboles de conacaste les hicieron ver lo fértil de esas tierras y lo pequeño que somos comparados a esas enormes manifestaciones de la vida en el trópico. Al entrar a la parcelación, Joseph hizo nota del rótulo que estaba en el portón de entrada y le preguntó a Maurice el significado de tal rótulo, <BerDor>, que a Joseph le pareció mal escrito, pues él sabía que "verdor", en español, significa que algo es de color verde o es abundante en vegetación. Con una sonrisa, Maurice le explicó que la palabra era, en realidad, la combinación de dos nombres: el de su esposa y el de la esposa de su amigo y socio en la parcelación y que, por coincidencia, parecía referirse a un campo verde.

El viaje a San Salvador transcurrió sin novedades. Los europeos decidieron hospedarse en el mismo hotel que los recibió el primer día de su llegada a El Salvador. Ahí estarían unos cuatro o cinco días para que Marie se pusiese en contacto con un ginecólogo y con un pediatra especialista en recién nacidos, además, en ese tiempo, podrían visitar algunos lugares turísticos del país. Al llegar al hotel, se despidieron de los policías que los habían acompañado durante su estadía en el pueblo. La agencia turística, con oficinas en el mismo hotel, se ocupó de formularles varios planes de excursiones a diferentes sitios atractivos en el país para que ellos eligieran los más adecuados. Esa tarde, y gracias a la influencia de Maurice, Marie completó sus dos visitas con los médicos que iban a seguir los progresos de su embarazo cuando ella estuviese en El Salvador. También pudo visitar el Hospital Ginecológico de San Salvador, el cual le pareció el más que adecuado para ahí tener su parto y recibir a su niño.

Después de terminar el ajetreo de las visitas médicas, Joseph y Marie descansaron en el corredor del hotel, contemplando, enfrente de sus ojos, el bello volcán de San Salvador, con sus faldas mostrando la impertinencia del hombre de irrumpir siempre en la belleza natural y querer poseerla, construyendo así sus casas en lo más alto posible del volcán. Emil y los holandeses ocuparon una mesa adyacente y pidieron, como se esperaba, unas bocas de queso y aceitunas, para acompañar a la cerveza de sus querencias, la Stella Artois, que el hotel había ya procurado en buenas cantidades para satisfacer el gusto de los belgas y holandeses. Joseph se unió a la mesa de los hombres y Marie se quedó en su sillón, contemplando la felicidad de sus compatriotas y negándose rotundamente a brindar con ellos. Marie sabía de los efectos del alcohol en las tempranas divisiones del DNA en el embrión de la vida animal: cuando ella estudiaba biología durante el último año de su bachillerato, en un colegio de Brujas, su clase hizo experimentos con huevecillos de ranas y sapos, inyectándoles ínfimas cantidades de alcohol. Pudieron atestiguar los desastrosos resultados que tal sustancia era capaz de producir en el desarrollo embrionario, pues varios renacuajos nacían sin cola y varias ranas y sapos nacían con la mitad de su cerebro solamente. Y así, ella les replicaba a sus camaradas:

—Cuando nazca mi bebé, no me van a ajustar una docena de botellas de Stella Artois.

Lo cual llevó sonrisas y carcajadas a la extraordinaria compañía.

Se cumplió la estadía de cinco días en el hotel y el viaje de regreso a Europa, vía Ámsterdam, y finalmente Bruselas, transcurrió sin dificultades. Los holandeses se quedaron en Ámsterdam y Joseph, Emil y Marie continuaron, en un coche rentado, hacia Bruselas. Llegaron a sus respectivos domicilios un poco cansados, pero de buen humor.

Hans no cabía de júbilo cuando, al fin, pudo abrazar a su esposa. Como un niño, la llevó a un dormitorio que él había decorado con motivos infantiles para recibir a su bebé. Marie le agradeció su esfuerzo y, para sí, se dijo mentalmente, "¡tengo que arreglar esto sin que Hans se moleste!".

Capítulo III

Decisiones finales

El grupo había llegado a Brujas un viernes, día que dedicaron a descansar.

Después de una obligada siesta, Marie le explicó a Hans sobre sus planes de que su niño naciera en El Salvador y le mostró los planos de BerDor que Maurice le había dado. Hans estuvo de acuerdo con dichos planes y cuando revisaron los planos de BerDor notaron que la parcela más grande estaba en una esquina de la propiedad y que tendría dos calles de acceso, además de contar con enormes árboles y suficiente terreno para construir algo adecuado para ellos y para Joseph. Ese mismo día le comunicaron a Joseph lo que habían decidido y, como era de esperarse, Joseph estuvo en completo acuerdo con ellos y les agradeció que lo tuvieran en cuenta para esos planes futuros.

Marie llamó a Maurice y le comunicó el interés que tenían de comprar la parcela y pidió que no se ofreciese a ningún otro comprador, a lo cual Maurice accedió con gusto e hizo la primera anotación en sus planos de BerDor, escribiendo, <VENDIDO>, sobre la parcela que Marie y Hans habían elegido.

Los días siguientes, sábado y domingo, Joseph, Hans y Marie, se ocuparon en ir de compras en almacenes de Brujas. Era un placer ver el cambio que el embarazo había producido en Marie, el notable científico estaba ahora absorto por la posibilidad de crear un ser diferente a ella; un ser que ella ya amaba, aún sin conocerlo. Su sonrisa, la misma sonrisa que ella expresó cuando recibió la primera serenata de su vida, era ahora más frecuente, casi constante, como un perenne agradecimiento a la vida por el maravilloso regalo que había recibido y el cual estaría a su lado hasta el final del mundo. Entre los tres decoraron el dormitorio para el bebé; los pequeños detalles faltantes se resolverían a su tiempo.

El lunes por la tarde fue la reunión con la Mesa Directiva de la Universidad de Brujas. Se anticipaba que la reunión duraría de tres a cuatro horas, por lo cual la Universidad tenía preparada una pequeña cena para los miembros. Emil y los dos geólogos holandeses estaban ya en el sitio cuando Marie y Joseph llegaron. Se saludaron todos con entusiasmo y dedicaron unos minutos para revisar sus respectivos reportes y aclarar pequeñas dudas que pudieran requerir preguntas por parte de la Mesa Directiva. La importancia del mitin era tal que cierto nerviosismo se hizo manifiesto en los cinco de ellos, pues de su resultado dependía la aprobación o la negativa para el siguiente paso del proyecto. Toda decisión futura estaba en manos de la Universidad de Brujas y los cinco científicos no tenían posibilidad de saber las prioridades de la Universidad o si su proyecto en El Salvador ocuparía un puesto importante en esas prioridades.

Cuando los cinco entraron al salón de la reunión, reservado para la Mesa Directiva, la mayoría de sus miembros estaba ya en sus respectivos lugares. Se saludaron todos mutuamente y el Director General de la Mesa Directiva les indicó a los cinco sus lugares a la cabeza de la mesa, para presentar sus reportes. El Director General de la Mesa Directiva de la Universidad de Brujas era el Dr. Frederick Minnen Von Hagen, un flamenco alemán, arquitecto de profesión y con un Doctorado en Resistencia de Materiales de la Universidad de Bonn, Alemania. Llevaba las riendas de la Mesa Directiva con mano serena y la conocida postura germana de "ahorrar, ahorrar y ahorrar" —¿quién no ha oído decir que Alemania exporta, anualmente, ocho trillones de dólares por sus productos y que el mercado mundial entró en éxtasis caótico cuando Alemania decidió aumentar sus importaciones en un 200%, o sea que, en vez de importar la enorme cantidad de seis dólares anuales, Alemania iba a importar, de ahora en adelante, la aún más grande cantidad de doce dólares anuales? Frederick sonreía sólo cuando escuchaba buenas noticias, que era, para él, muy pocas veces al año, y esta era una de esas veces.

Los holandeses iniciaron sus detallados reportes. Presentaron videos de la geografía del volcán para dar idea de su posición y de sus alrededores. Sus datos sobre la topografía y el mapeo del boquerón y la roca fueron exhaustivos y satisficieron al Dr. Frederick, quien dejó para el final las preguntas que iba anotando en unas páginas sostenidas por un portapapeles y que los demás miembros de la Mesa Directiva, con sus respectivos portapapeles y sus respectivas preguntas iban también anotando.

Luego vino el turno de Emil para presentar su reporte, el cual fue también exhaustivo y completo, con múltiples e ínfimos detalles de su viaje a El Salvador y sus observaciones sobre el volcán y la posibilidad para obtener agua, que sería indispensable para minar la roca. Sus fotos de las aves que pululan en el boquerón eran bellas y claras, con aproximaciones espectaculares de los más bellos de esos seres. Como Emil calculaba, las fotos sobre el Torogoz que a propósito dejó para el final de su reporte, produjo la admiración, reflejada en los semblantes de los presentes cuando pudieron contemplar la exquisita belleza del Ave Nacional de El Salvador. Emil no hizo ninguna referencia sobre la necesidad de mantener el hábitat de esos vulnerables pájaros, para así preservar su continuidad en los bosques de El Salvador, pero observó que Frederick y los otros miembros de la Mesa Directiva se miraron entre sí cuando Emil mostraba las fotos del bello pájaro y todos ellos escribían sus preguntas.

Hubo una pausa de treinta minutos para la cena proveída por la Universidad, antes de que Joseph y Marie presentaran sus reportes. Cuando llegó el turno de Marie, todos se pusieron de pie para felicitarle por su embarazo. Marie y Joseph presentaron un reporte común, lleno de sus fórmulas sobre el origen de La Luz y la posibilidad de cambiar el rumbo de la humanidad aprovechando la energía que el nuevo metal podría producir y para beneficio de todos. Al final de sus más que completos reportes, Frederick Minnen Von Hagen y todos los miembros de la Mesa Directiva de la Universidad de Brujas se pusieron de pie para aplaudir a los cinco viajeros, que habían ido a un país extraño para averiguar el origen de ciertas noticias que hablaban de una Luz en la cima de un cerro en las afueras de un pequeño pueblo en un pequeño país de Centroamérica y que habían encontrado algo totalmente increíble que podría transformar la dependencia energética de los países por algo más eficiente y duradero. Por fin, los presentes pudieron contemplar una afable sonrisa en el rostro de Frederick Minnen Von Hagen, que llenó de optimismo y buenos presagios a los cinco ponentes.

Salieron del mitin a las diez de la noche, pues el tal se había prolongado, desde las tres de la tarde hasta las nueve y media de la noche debido a lo exhaustivo y completo de los reportes que cada uno de los ponentes había expuesto a la Mesa Directiva. Todos salieron cansados, pero optimistas de saber que eran ya parte indispensable de un suceso extraordinario e incomparable hasta ese momento. Se hizo una futura cita para ese próximo viernes, pues aún se esperaban datos sobre los niveles primero y segundo, correspondientes a los orbitales y suborbitales del átomo del metal que podrían determinar la energía fisionable que el metal podría contribuir y utilizarse en su industrialización.

El resto de la semana transcurrió normalmente para nuestros personajes. Emil invitó a cenar a Hans, Joseph y Marie, para la noche del miércoles. Se reunieron en un conocido restaurante en las afueras de Brujas, cercano al mar, famoso por sus platillos de mariscos, de donde habían salido recetas ganadoras de prestigiosos premios en la esfera culinaria. Emil se presentó acompañado de una muchacha joven, alta y atractiva. Tenía los ojos claros pero su piel era oliva, indicando una ascendencia de linajes mediterráneos. Emil la introdujo como Carmen Elena Pacheco de la Torre, lo que llamó la atención de los otros tres, pues sabían que en Brujas existe una calle con el nombre de "Pacheco", pero no le hicieron ninguna pregunta al respecto. Carmen Elena les explicó que ella era maestra de ciencias en una escuela primaria, en un suburbio de Brujas, y que había conocido a Emil en una sesión escolar que, anualmente, presentaba proyectos de ciencias hechos por los alumnos. Emil tenía un sobrino que era pupilo de esa escuela y Carmen Elena era su maestra. Ese año, el sobrino de Emil había ganado el segundo lugar por su proyecto, lo que había irritado un poco a Emil, pero eso le consiguió que Carmen Elena se acercase a consolarlo y Emil aprovechó la oportunidad para invitarla a cenar, lo que fue el inicio de una amistad que ya empezaba a oler a noviazgo. Para Joseph y Marie se hizo ahora clara la razón por la cual Emil había pedido a Maurice una copia de los planos de BerDor. Esa razón era preciosa y tenía ya un nombre: Carmen Elena Pacheco de la Torre.

Por fin llegó el esperado día viernes para el mitin con la Mesa Directiva de la Universidad de Brujas. La reunión empezaría a las diez de la mañana de ese día. Joseph, Emil y Marie llegaron puntuales a la cita y ocuparon sus respectivos asientos en sus sillas asignadas. El pleno de la Mesa Directiva estaba presente. Los dos geólogos holandeses no fueron invitados a esa importante sesión, pero había cinco personas desconocidas para Joseph, Emil y Marie. Tres eran empresarios alemanes, invitados al mitin por Frederick y quien fue el que hizo la presentación de los germanos. Los tres eran de la región industrial de Düsseldorf, con intereses en varias compañías mineras de África. Los otros dos eran también directivos de compañías mineras: uno de ellos era holandés y el otro era belga y de origen francés, o sea, del sur de Bélgica, pero con oficinas centrales en Bruselas. Frederick, quien fue el que había invitado a estos dos señores, los introdujo a los presentes. Frederick anunció el motivo de la reunión y auguró buenas noticias para el proyecto. Después de tal anuncio, se puso en pie para abrir la puerta del salón de reuniones e invitó a entrar y a sentarse a la cabecera de la mesa a tres personas más. Cada uno de estos tres nuevos invitados traía una abultada cartera de cuero negro, presumiblemente, llena de documentos relacionados con los últimos datos científicos sobre el metal, pues los tres eran fisicoquímicos de la Universidad de Bruselas.

Después que Frederick hizo la necesaria introducción de los tres recién llegados, sugirió a uno de ellos que empezase su reporte para los presentes, quienes estaban ansiosos por escuchar las "buenas noticias" sobre el metal. Este primer presentador explicó detalladamente los favorables hallazgos que el metal tenía con relación al porcentaje de isótopos fisionables, en su primer y su segundo nivel de energía, o sea, en su primer orbital y en su segundo orbital y tres suborbitales, demostrables por técnicas físico/químicas. Tal porcentaje era del 3.7% al 4.1% del total de la roca y se encontraba, únicamente, en la sección de la roca denominada "anillos negros".

El segundo presentador fue un poco confuso en su reporte, pues indicó que el metal presentaba ciertas cualidades no vistas en otros metales pesados, que se había observado que las vetas o venas verdes y rojas de la roca eran parte inclusiva del metal y estaban en contacto directo con los isótopos, o anillos negros del metal. En estudios repetitivos, en muestras de las tres secciones del metal, se observaba que las partículas fisionables en el metal negro parecían ser absorbidas por y formar parte del metal verde y, en menor intensidad, por el metal rojo. La frase "autorenovable" la usó por primera vez este segundo presentador para explicar el observable fenómeno. Este científico no pudo responder con claridad a dos o tres preguntas que Marie le hizo y con relación a "pérdida de masa", cuando el isótopo de un metal cambia sus niveles de energía y libera esa pérdida de masa en forma de energía (luz, energía kinésica, electricidad, etcétera) y por qué, en el caso del metal que ahora les concernía, el isótopo se quedaba en las vecindades del anillo negro y no procedía a su desintegración progresiva, como otros isótopos radioactivos lo hacen.

Esa pregunta pareció encontrar una respuesta cuando el tercer ponente hizo su reporte. Este señor, un cuarentón rubicundo y, por lo tanto, de origen flamenco, expuso íntimos detalles del metal, tales como su número atómico, determinado ser de ciento veinte y colocar al metal como un elemento súper pesado y, por esta razón, estaría fuera de la tabla periódica, pero acreedor a la nomenclatura de "Unundectium". Su número de masa fue calculado ser enorme, a doscientos noventa y nueve (299), y su isótopo fisionable fue calculado a doscientos noventa y tres punto tres (293.3). La vida media del isótopo radioactivo fue calculada entre ciento veinte y ciento treinta y dos años, lo que hacía del metal algo ideal para utilizarse en la producción de energía eléctrica por plantas nucleares y reducir el inmenso costo de los *breeder reactors*, o sean, los reactores autosostenibles, que son capaces de reusar la pérdida de masa después de producir la energía eléctrica por esos reactores. El bombardeo del isótopo fue sugerido por este científico que fuese el comúnmente usado: neutrones de cadmium, hasta que se estableciese con mayor certeza todo el potencial de producción de energía por el metal. Esta sugerencia pareció muy lógica a los presentes y lo felicitaron por ello. Aún Emil, el eterno discordante, estuvo de acuerdo en que así fuese.

El nombre "Lenkanium", para el nuevo metal, iba a ser sugerido en futuros simposios o conferencias científicas de Europa y Norte América. Después de la presentación por los tres científicos de la Universidad de Bruselas, pasaron todos a un salón contiguo para un refrigerio después del cual los de Bruselas se despidieron y emprendieron su viaje de regreso a la capital. Los restantes volvieron al salón de mítines a ocupar sus respectivos asientos. Frederick tomó la palabra y explicó a los cinco empresarios de minas las normas y restricciones, expuestas y exigidas por el gobierno de El Salvador y aprobadas por la Universidad de Brujas, que serían dirigidas a cualquier firma minera que se interesara en la industrialización del nuevo metal.

Primeramente, explicó que El Salvador era dueño del 50.4% del metal y del total de los réditos, ganancias, rentas o intereses que pudiesen obtenerse de la industrialización del metal y a ese porcentaje, dejando el 49.6% de propiedad, que podía comprarse o asumirse a un precio determinado y negociable con el gobierno de El Salvador, pero que, por legislatura aprobada por ese país, correspondía a Bélgica y Holanda designar a un socio, pero únicamente a un socio de cualquier otro país y que llenase todos los requisitos para entrar como socio de las ya designadas empresas: una empresa de Bélgica y una empresa de Holanda. Solamente estas dos entidades, de estos dos países tendrían la opción de aceptar un tercer participante. Igualmente, sólo la Mesa Directiva de la Universidad de Brujas podría designar, negar o aceptar, la empresa o empresas de Bélgica, Holanda y un tercer país. Frederick propuso a los tres germanos ahí presentes para que se les considerase como candidatos del tercer país, pues, como Frederick expuso, Alemania había cumplido, por más de los últimos setenta años, con los requisitos enumerados por el gobierno de El Salvador y que consistían, básicamente, en lo siguiente:

A. El metal se usaría para fines pacíficos.

B. No podría venderse ni un sólo gramo del metal a países que tuviesen tendencias agresivas con resultados desastrosos, tales como invadir a un país vecino para usurparle recursos, destruyendo ciudades con el propósito de someter a los habitantes al terror y la miseria para obligarlos a rendirse.

C. No podría venderse a países que abierta o solapadamente encubriesen, ayudasen, subsidiasen o mantuviesen a grupos o asociaciones con historial de terrorismo.

D. No podría la empresa minera, aceptada por las partes ya descritas, aplicar a la Bolsa de ningún país para el conocido IPO (Initial Public Offer) con la intención de vender acciones para generar capital en provecho de inversionistas.

Tales restricciones fueron leídas despacio y con claridad a los representantes de las empresas mineras, los cuales asintieron, con el sabido además de sus cabezas, a dichos términos y restricciones.

El precio por el 49.6% de propiedad del metal era de once mil millones de dólares de los cuales un billón de dólares correspondía a la Universidad de Brujas y diez billones de dólares serían para capitalizar el Fondo Ciudadano de El Salvador, entidad formada para tal efecto por el Gobierno Salvadoreño y como base para construir ese Fondo Ciudadano con las futuras ganancias que la industrialización del metal produciría. Tal fondo ciudadano tendría su principio con la adquisición de Notas del Tesoro o dólares de los Estados Unidos de América, depositados y manejados por un banco de ese país y a un interés anual del 2%. La idea era la de crear un Fondo Ciudadano parecido al Fondo Ciudadano de Noruega, el cual, por el momento y gracias a ganancias obtenidas por ventas de su petróleo, extraído de los yacimientos en el Mar del Norte, suma ya la considerable cantidad de dos punto tres trillones de dólares (2.3 trillones de dólares), dinero que el gobierno de Noruega usa para beneficio de sus ciudadanos, proporcionando a todos ellos la seguridad en salud, empleo, educación, social, desde el nacimiento hasta su muerte. De esta manera, ¿quién puede decir que El Salvador no tiene ningún derecho a aspirar a similares metas?

La historia iba a demostrar todo lo contrario.

Frederick propuso que Alemania comprase y fuese dueña del 9.6% y que Bélgica y Holanda fuesen dueñas del 20%, cada una. Las empresas mineras de los países ahí representados aceptaron los términos y decidieron, ese mismo día, hacer los respectivos pagos y depósitos en favor de la Universidad de Brujas y en favor del Fondo Ciudadano de El Salvador. Representantes de la Embajada de El Salvador en Bruselas serían llamados, para el día siguiente o para el lunes siguiente, para que acudiesen a la Universidad de Brujas a recibir los respectivos depósitos y en favor del Fondo Ciudadano de El Salvador.

Con la satisfacción de haber obtenido los deseados resultados reflejada en su huraña sonrisa, Frederick pidió a los presentes unos minutos de atención y extrajo de su solapa un sobre, en el cual había una carta del presidente de El Salvador, dirigida a la Mesa Directiva de la Universidad de Brujas, que delineaba que el compromiso del país con el resto del mundo era sencillo: las admirables y únicas propiedades del metal iban a ser usadas para el beneficio y el progreso de los habitantes de nuestro bello planeta. No se iba a permitir su uso para construir armamentos que pudieran ensalzar la arrogancia y agresividad, innatos en países dados a actuar con impunidad y sin ningún aprecio por la vida de un ser humano. El respeto a la vida y a todo lo que se nos ha dado sería la firma y el sello al final de todos los acuerdos hechos para obtener cualquier cantidad del preciado metal.

Esa era la palabra dada por el presidente de El Salvador a la Mesa Directiva de la Universidad de Brujas, palabra que fue celebrada por todos, pues provenía del representante de un pequeño país que no traía a la mesa de los acuerdos ninguna postura de egoísmo o codicia por la nueva fortuna encontrada en su territorio, sino que estaba dispuesto a compartir dicha fortuna con el resto de la humanidad.

Al finalizar el mitin, Frederick llamó por teléfono al Presidente de El Salvador para comunicarle los resultados del mitin y también que tendría un gusto inmenso en saludarlo en persona, para lo cual el Presidente le respondió que el Ministerio de Gobernación de El Salvador enviaría, a él y a todos los que estuvieron presentes en el mitin, incluyendo los empresarios de las compañías mineras que habían comprado los derechos para minar el nuevo metal, una invitación para una visita oficial al país, por lo cual Frederick le agradeció sinceramente y, al terminar la conversación, comunicó a los presentes la invitación hecha por el Presidente de la República de El Salvador en la América Central. Antes de dar por terminada la sesión, Frederick invitó a los presentes a hacer preguntas, o sugerencias, a los empresarios de minas. Emil estaba esperando este espacio para hacer sus sugerencias y, con su acostumbrado énfasis, se dirigió a los empresarios y expuso los puntos principales que le preocupaban. Les explicó la necesidad de proteger el hábitat de los innumerables seres que habitan el boquerón y, por esa razón, la calle de acceso a la roca no debería ser más ancha que dos metros y medio o cien pulgadas; que debería evitarse usar asfalto para pavimentar dicha calle y usar adoquín de cemento o la piedra misma para tal efecto; que los vehículos de acceso al boquerón deberían ser pequeños camioncitos, que se usan en Italia y España, con su anchura de un metro para dejar un espacio de cincuenta centímetros entre camión y camión en el momento en que dos de ellos se encuentren, uno subiendo y el otro bajando. Los camioncitos deberían ser 4x4 y de tres o cuatro cilindros; su cama podría ser alta para acomodar la mayor cantidad del material minado; que la barda separando el cauce del río de la carretera debería ser de piedra y la barda que separaría la carretera de la vegetación del boquerón también debería de ser de piedra y de un metro de alto, para no infringir demasiado en la movilidad de la fauna que habita esos parajes, etcétera, etcétera.

Los empresarios escucharon a Emil con una sonrisa de amabilidad en sus rostros y le prometieron que cumplirían con sus sugerencias. Las dudas, que esos empresarios expresaron eran sobre las posiciones que ocuparían sus laboratorios para procesar el metal. Emil, otra vez, fue el que explicó que, desde la cima del boquerón, del lado opuesto al pueblo, a una distancia de unos mil metros de la cima, allá abajo, y ya en las faldas y partes llanas del volcán, podía apreciarse un pequeño valle en donde se estaba construyendo el lago artificial para surtir de agua a las compañías mineras que trabajarían en la extracción del metal. Emil les sugirió que tales edificios se construyeran en esas partes llanas del boquerón y cercanos al lago artificial, para lo cual sería necesario construir otra calle de acceso a la cima del volcán e idéntica o similar a la que bordearía el cauce del río Chagüite y que las dos calles se uniesen en la cima del volcán y que la nueva calle se comunicara con el pequeño valle, en las faldas del boquerón y con rumbo a las planicies de la costa. Esto les pareció excelente a los empresarios y acordaron ponerse en contacto con el Ministro de Gobernación y con el Ministro de Obras Públicas de El Salvador para planear la carretera de acceso al lago artificial y a los futuros edificios que albergarían las oficinas, talleres, garajes, laboratorios, etc., que cada empresa construiría. También prometieron acondicionar el puente Marie Pilar para que pudiese acomodar el paso de los pequeños camioncitos que se usarían en los trabajos de cada empresa.

Varias otras dudas y preguntas hechas por los empresarios fueron abordadas por los demás y de acuerdo con los conocimientos de cada uno. Un buen número de esas preguntas quedaron sin respuesta satisfactoria, pero con la seguridad de que se abordarían de nuevo, cuando tales respuestas se hiciesen claras y presentes a la Mesa Directiva. Todos salieron del mitin con el semblante de satisfacción del que ha cumplido con su deber y llegado a una meta más alta que la esperada. Emil, Joseph y Marie se dirigieron a sus respectivos domicilios a planear su próximo viaje a El Salvador.

Los acontecimientos se iban sumando a un ritmo que parecía vertiginoso. Las compañías mineras hicieron los respectivos contactos con el Ministerio de Gobernación para obtener las visas para su personal y las franquicias para introducir los equipos de minería necesarios para sus objetivos. El gobierno salvadoreño compró los cien kilómetros cuadrados de terreno sugeridos por los geólogos holandeses. Empezó la construcción del lago artificial en el valle detectado por Emil, igualmente, se comenzó la construcción de la carretera de ascenso al boquerón, tal y como Emil la había sugerido que se hiciese: de piedra y de adoquín y de dos punto cincuenta metros de ancho. Por otra parte, el pueblo recibió, por parte del gobierno, una subvención considerable para cubrir los gastos de construcción de la calle de ascenso al boquerón, paralela al Chagüite, empezando desde el puente Marie Pilar hasta la cima del volcán y siguiendo cada una de las otras indicaciones dadas por Emil: que se uniese en la cima del boquerón con la calle que subía y venía, en la otra cara del boquerón, desde el pequeño valle donde el lago artificial se estaba construyendo. También se hicieron obras de refuerzo en los cimientos y columnas del puente Marie Pilar, así como también trabajos para embellecer su balaustrada y pasamanos, se pintó de blanco y se hicieron trabajos de realce en los rostros de las dos jóvenes mujeres que adornaban el antepecho del puente en su arco central. En la mitad de la calle del puente, para dividir los dos sentidos del tráfico y para impedir que transitasen por él otros vehículos particulares, que no fuesen los camioncitos de las compañías mineras, se construyeron pequeñas columnas de varillaje de hierro y molde de cemento, rollizas, de un metro de altas, de veinte centímetros de diámetro, separadas una de la otra por un espacio de dos metros y a todo lo largo de la calle del puente y pintadas de color amarillo.

Los andenes, a todo lo largo del puente, se hicieron de veinticinco centímetros de alto para impedir que vehículos se subiesen por ellos. Estos andenes se hicieron de tal anchura para que la calle, entre los dos andenes, quedase de exactamente dos punto cincuenta metros de ancha. En otras palabras, por el puente sólo podrían transitar peatones, bicicletas y los angostos camioncitos de las compañías mineras.

El número de trabajadores utilizados en tales obras iba en aumento constante, lo que creó la necesidad que la alcaldía construyese alojamientos temporales para ellos. El pueblo se fue inundando de estos trabajadores, provenientes de otros pueblos cercanos o distantes. Tal situación obligó al alcalde y su consejo a emitir una proclama, indicando que el pueblo no podría sostener un número permanente de habitantes que fuese mayor a cincuenta mil personas, por lo cual se requeriría un permiso especial para poder construir cualquier clase de vivienda dentro de los límites jurisdiccionales del pueblo. Decisión que se tomó después de que un censo arrojó la cantidad de

26,300 habitantes permanentes en el pueblo. Esto significaba que solamente se extenderían los permisos necesarios para construir viviendas que ocuparían los 23,700 ciudadanos restantes para completar el límite de cincuenta mil habitantes; pues los estudios hechos por el gobierno con relación a los depósitos acuíferos que surtían al pueblo en ese momento indicaban que tales manantiales no podrían sostener una población mayor a cincuenta mil gentes.

Esto trajo un alud de personas aplicando para obtener los permisos para construir viviendas. Los primeros en aplicar fueron aquéllos que habían abandonado el pueblo después de un devastador terremoto en el año 1951. La alcaldía decidió dar prioridad a estas personas, pues entre ellas se encontraban descendientes de los antiguos fundadores del pueblo, que habían contribuido a la historia y al bienestar del pueblo durante esos pasados años. En el registro de la alcaldía estaban los nombres de los antiguos pioneros, y sus apellidos encabezaron las listas que la alcaldía formuló para extenderles los permisos de construcción de viviendas para los que calificaban para tal.

Otras dificultades que el pueblo tuvo que enfrentar fueron los usurpadores de los andenes en los callejones y calles apartadas del pueblo: estas personas, pobres todas ellas, que venían de ciudades y pueblos distantes en busca de trabajo, erigían en las noches y sin pedir permiso de nadie, sus pequeños cuartos hechos de lámina o de cartón y se instalaban en ellos como sus viviendas. Esto trajo protestas irascibles de los vecinos, pues los usurpadores tiraban su basura a la calle, creando un ambiente de suciedad y de peligro para todos. La alcaldía respondió oportuna y severamente y obligó a los usurpadores a que desalojasen sus cuchitriles, pero antes tenían que limpiar las calles que habían convertido en basureros. Si alguno de ellos había conseguido trabajo, se le daba una boleta numerada para que pudiese ocupar alguno de los alojamientos temporales construidos por la alcaldía en las afueras del pueblo. Si no tenían trabajo no podían quedarse en el pueblo, pero se registraban sus nombres y se les pedía una dirección o un contacto para notificarles de algún trabajo disponible para que ellos pudiesen regresar y rehacer sus vidas.

La futura bonanza del país se adivinaba y se empezó a respirar también en los países vecinos. El gobierno de El Salvador hizo una oportuna proclama que favorecía a los habitantes de dichos países (Guatemala, Honduras y Belice), indicando, en tal edicto, que trabajadores provenientes de dichos países podrían obtener la ciudadanía salvadoreña si después de seis meses de empleo en el país y haber demostrado una conducta honorable, así lo decidían. Esta postura, inusual pero justa, honorable y compasiva, provocó que los gobernantes de los tres países mencionados propusiesen una reunión con sus equivalentes salvadoreños para discutir, ya con seriedad, la formación del Mercado Común del Norte de Centroamérica. Esta etapa iba a ser el primer paso para construir, en un futuro cercano, la Federación de los Estados Centroamericanos: ese sueño, aún distante, por tener una patria común con capital en el norte de Nicaragua y frontera con Honduras, aislada de los sismos del sur, a ciento veinte kilómetros del Atlántico para protegerla un poco de los frecuentes huracanes; quinientos veinte seis mil kilómetros cuadrados (526,000 KM2), cincuenta y cinco millones de habitantes, dos océanos, 4,632 kilómetros de costa, paisajes increíblemente bellos… Alguien había dicho, con la nobleza exhalando en tales palabras, que la unión de nuestros países ha de hacerse sobre los cimientos de la verdad, cordialidad, mutuo respeto a nuestras tradiciones, razas, religiones, y que, si la unión de Centroamérica podría requerir el derrame de sangre de alguno de nuestros hermanos, entonces esa unión no vale la pena hacerla, pues una sola gota de sangre de nuestros compatriotas es más valiosa que cualquier unión.

El primer país en enviar una comisión de expertos en energía atómica fue Estados Unidos de América, pues tal país tenía interés en transformar y modernizar su red (Grid) de proveedores de la energía eléctrica, que el país consume diariamente. La comisión fue recibida por el Ministro de Gobernación y se les explicó los requisitos que se tenían que cumplir para poder obtener cualquier cantidad del metal. Estados Unidos cumplía con tales requisitos y el contrato para obtener determinada cantidad del metal fue firmado por el Ministro de Gobernación y los representantes de la comisión estadounidense. Igualmente,

Estados Unidos solicitó otro contrato para obtener metal y usarlo como fuente de energía en submarinos, portaaviones, cohetes Inter espaciales y en una planta piloto de energía nuclear, a construirse en una región del centro del estado de Pennsylvania, para producir electricidad y llenar las demandas de una población de cuatrocientos mil a cuatrocientos cincuenta mil habitantes. Se les indicó que la solicitud sería estudiada en detalle y se les informaría de la decisión en un período no menor de tres meses, pero no mayor de seis. Otro detalle que se les informó fue que el precio, por gramo, del isótopo del metal, iba a ser no muy diferente al precio del metal que podría incluir cierta cantidad de metal no fisionable, a lo cual los estadounidenses consintieron con todo gusto.

Las noticias sobre el nuevo metal y sus extraordinarias cualidades se iban esparciendo por el mundo y numerosos países empezaron a comunicarse con el Ministerio de Relaciones Exteriores, para entablar conversaciones y la posibilidad de abrir embajadas en El Salvador.

Los trabajos en las empresas mineras iban viento en popa y la construcción del lago artificial estaba en los albores de ser terminado y ser inaugurado. Alguien ya había sugerido que el lago se bautizara con un nombre que le diese honor a los flamencos, lo cual fue aceptado por la población, por el cariño que se les tenía a esos tres seres extraordinarios. Las instalaciones de las empresas mineras eran enormes y cada compañía tendría su propio laboratorio para determinar la cantidad de isótopo fisionable, por gramo de metal, y así establecer su precio a los países compradores.

Los depósitos en favor del Fondo Ciudadano (diez billones de dólares) fueron anunciados con satisfacción por el gobierno de El Salvador. El Congreso aprobó el uso del 1% de los intereses que el Fondo produciría para fines sociales y de modernización y mantenimiento de hospitales, escuelas, calles, asilos para ancianos, etc., y dejar el 1% restante para el continuo crecimiento del Fondo.

Así las cosas, una casa en la ciudad de Brujas rebosaba de gozo y anticipación por el próximo nacimiento de un bebé. Los dichosos padres, Marie y Hans, se volvían locos planeando la llegada de su niño. Un ultrasonido hecho del vientre de Marie había demostrado que sería un varón, pues las imágenes corroboraban que el pasaporte, la tarjeta de circulación y la licencia de manejar del bebé eran inconfundibles. Análisis en la amniocentesis demostraron a un niño absolutamente sano. Los padres habían elegido ya el nombre de su primogénito, que sería Robert Gregory, en honor del abuelo de Marie y del bisabuelo de Hans.

Marie había entrado en su sexto mes de embarazo y no daba muestras de las complicaciones propias de tal estado. Ella había continuado con su diario trabajo en la Universidad y con sus ejercicios en el gimnasio, tres veces por semana, como siempre. La Universidad, agradecida por los mil millones de dólares que había obtenido, gracias al trabajo y genialidad de Marie le otorgó un asueto de dieciséis meses con integridad de su salario, bonos, seguros de salud, etc. Los gastos del pre y post partum serían cubiertos por la Universidad, no importaba la parte del mundo en la que ocurriesen esos gastos. A Joseph también le otorgaron un asueto de seis meses para que lo usase de la manera que a él mejor le pareciese.

A una fecha ya señalada, el parto iba a ser inducido en el Hospital Ginecológico de San Salvador. Los planes para regresar a El Salvador, por parte de Marie y Joseph, estaban ya completados. A través de una agencia de inmuebles se encontró una casa que estaba en renta en San Salvador, la cual a Marie le pareció adecuada por ser amplia, cómoda y estar localizada en una zona ideal de la ciudad. El contrato de renta empezaba desde un mes antes de la inducción del parto, hasta seis meses después del nacimiento de Robert Gregory, con la opción de prolongar el período de renta de la casa por el tiempo que Marie deseara. La casa colonial de Jucuapa (el viejo pueblo en las faldas del Boquerón, asiento de una roca extraña de la que emanaba una luz aún más extraña y que los había recibido con admiración y cariño) estaría siempre lista para cuando ellos quisieran ir al pueblo y permanecer en la casa todo el tiempo que desearan.

Los trabajos de construcción, en lo que sería su casa de invierno en BerDor, iban avanzando rápidamente, lo que también traía una palpable emoción a Marie, Hans y Joseph, por haber tomado la decisión de ser parte del pueblo que les había brindado un inigualable cariño.

Emil, por su parte, había hecho la sabia decisión de formalizar su noviazgo con Carmen Elena y la fecha de la boda sería diez meses después del nacimiento de Robert Gregory, para que Marie y Joseph fueran los padrinos de su matrimonio. Emil y Carmen Elena habían comprado una parcela de buen tamaño en BerDor y contrataron, para construir su casa, al mismo arquitecto que Marie y Hans estaban usando.

El pueblo, por su parte, iba creciendo rápidamente, se habían aprobado proyectos que favorecían a su población. Uno de estos proyectos era la construcción, en una finca abandonada, a unos doscientos metros por debajo del cráter del boquerón y al lado opuesto de la carretera al Chagüite, de un pequeño lago artificial, de ciento veinte por cincuenta metros y de doce metros de profundidad, que serviría como depósito de agua para el pueblo; pero, además de que sería un lugar de recreación para los lugareños, tendría una porción en uno de sus extremos que se usaría para criar la tilapia y tener una fuente de alimento para los estudiantes de las escuelas del distrito y ser, también, un foco de educación en tal industria.

Igualmente, aledaño al lago, en unas diez hectáreas de superficie, estaría un vivero en donde crecerían unos dos millones de arbolitos de cinco especies diferentes para iniciar la reforestación del país y mantener el caudal de sus ríos. El pequeño lago se nutriría por las aguas de lluvias del invierno, y en el verano, de una cañería que vendría del más grande lago artificial, en el pequeño valle señalado por Emil. La fortuna había favorecido a este último lago, pues, durante su construcción, se decidió probar suerte y se perforó un pozo, encontrando un caudaloso manantial a cien metros de profundidad. Se instalaron poderosas bombas que impulsarían el agua hasta el pequeño lago, en la cima del boquerón, y cuando fuese necesario.

El nacimiento de Robert Gregory se planeó para un día a principios de febrero del año siguiente. La familia celebró las Navidades como nunca se había hecho. Se hicieron presentes familiares cercanos y distantes que por años habían permanecido alejados unos de los otros.

Marie y Joseph regresaron a El Salvador a principios de enero y se instalaron en la casa que habían rentado en San Salvador. La familia de Maurice les regaló la cuna para el bebé y un ajuar más que completo para recién nacidos. Durante su estadía en San Salvador hicieron dos o tres viajes al pueblo para ver cómo iba avanzando la construcción de su casa en BerDor y para asombrarse de los rápidos cambios que el pueblo estaba experimentando. Lo encontraron completamente libre de basura en las calles y alrededor del parque. La cordialidad de la gente hacia ellos era evidente y llenaba de satisfacción a los flamencos. El mercado rebalsaba de compradores y vendedores, pero no se veían desechos o basura en sus pasillos o alrededor de los puestos de frutas, comidas, chucherías, pequeños supermercados, etcétera. Marie y Joseph estaban más que satisfechos de haber elegido el pueblo para construir su casa, además, iban a tener de vecinos a Emil y Carmen Elena y, por qué no, algún día cercano podrían llegar a ser los padrinos en el bautismo del primer bebé de Carmen Elena y Emil.

Hans llegó a El Salvador una semana antes del esperado nacimiento de su hijo. Al fin llegó el día señalado de febrero para inducir el parto en Marie. La inducción se realizó sin dificultades y Robert Gregory salió pesando ocho libras (tres punto seis kilogramos) y con unos pulmones más elocuentes que los de un cantante de ópera.

Marie decidió registrar a su hijo con el nombre de Roberto Gregory, lo cual hizo sonreír a Hans. Cuando una de las enfermeras le preguntó a Marie por qué había decidido tener a su hijo en El Salvador y no en Bélgica, Marie, quien en secreto había estudiado y aprendido mucho el dejo de los guanacos, y luciendo la más bella y pícara sonrisa imaginable, le contestó:

—¡Pa' que najca jalvadoreño, pues!

DE LA IRREMEDIABLE SABIDURÍA DE LAS COMADRES

Las comadres: definiciones

En mi país, todos los pueblos tienen comadres. Las comadres son señoras favorecidas que, como establece León Felipe, "siempre saben lo esencial". Por otra parte, las comadres han sido las responsables de tejer, desde el principio de la humanidad, la imperceptible trama que sostiene la sociedad entre los pueblos. Para que esto trabaje, el sistema tiene que ser matriarcal: el centro familiar es la comadre, alrededor de la cual gira el cuidado de todos los miembros de dicha familia.

La comadre indica y enumera todos los puntos que se han de seguir para que la estructura familiar no se desmorone. La comadre es el dictador necesario para llegar a ese feliz fin: sin comadres no hay familia, sin familia no hay sociedad, sin sociedad no hay patria, sin patria no hay futuro.

Todas las comadres tienen poderes sobrenaturales. Ellas son las encargadas de difundir las noticias del pueblo a una velocidad extraordinaria, más veloz de lo que podría hacer un periódico, la radio, el teléfono o la televisión. En realidad, ellas generalmente usan la velocidad de la luz para difundir sus noticias, o chismes, o chambres, como se conocen. Más aún, las comadres pueden usar la velocidad del pensamiento, que es más rápida que la velocidad de la luz, para transportar y difundir las noticias. Pueden usar también la telepatía para comunicarse con las comadres de pueblos distantes. Porque, póngase a pensar usted, con el pensamiento se puede viajar de un planeta a otro en menos de un segundo una distancia que requeriría por lo menos de uno a dos minutos, o más, si se viajara a la velocidad de la luz.

Caso concreto: el vecino suyo, don Toñito Moncada, le anda echando ojitos a la Conchita Vaquerano, la gordinflona que vende riguas y chicharrones allá por la esquina del telégrafo. Una tarde don Toñito le confía a usted esa pasión secreta y le pide que no se lo diga a nadie, lo cual usted le promete de todo corazón porque usted y don Toñito son compadres, pues usted le bautizó uno de sus hijos, Ramirito, y hasta pagó por la fiesta de la primera comunión del tal Ramirito. Esa misma tarde usted va a visitar a doña Licha Cienfuegos, la prima hermana de la alcaldesa, para encargarle media docena de tamales pisques, que los hace ¡bien ricos! porque sólo usa frijoles sazonados y la pura manteca de chancho. Doña Licha siempre asegura a los compradores y usando un tono despectivo les declara:

—¡Yo no uso remiendos de babosos como la famosa margarina o aceititos de semillas extranjeras!

Y como usted y doña Licha son cheros, pues terminaron juntos la escuela primaria y, además, usted sabe que doña Licha no tiene teléfono. Le pregunta:

—Mirá, Lichita, ¿te puedo confiar un secreto, vos? Pero no se lo podés decir a nadie.

Doña Licha, que es la esencia de las comadres, le repite a usted lo que ella ha venido diciendo desde que ella nació:

—Ya sabés que podés confiar en mí, ¡pues yo soy una tumba!

Y usted, ya más calmado por la promesa de doña Licha, le comunica a ella el secreto de don Toñito con la seguridad de que tal secreto nunca saldrá del conocimiento de doña Licha.

Con paso seguro, luego se va usted a la Farmacia Mejías, que está a tres cuadras de la casa de doña Licha, a comprar unas ganoles para aliviarle el dolor de las reumas. Al entrar a la farmacia, el dueño, don Paquito Mejías, sale a su encuentro, lo saluda y le pide que pasen a la sala, atrás de la farmacia, para sentarse a platicar; usted lo sigue y se sientan en la salita, en cómodos sillones. Don Paquito le ofrece una Coca-Cola que usted acepta con mucho gusto y luego, luego don Paquito le pregunta:

—Mirá, ¿y qué sabés de lo que dice la gente sobre tu vecino, Toño Moncada y la Concha Vaquerano, vos?

Al terminar la plática con don Paquito, usted va de regreso a su casa y siente que todo el mundo lo mira de reojo cuando va pasando y que hasta le hacen muecas cuando usted ya pasó y los tiene a espaldas. Al llegar a su casa, a la entrada, lo está esperando su vecino, Toñito Moncada, con cara de pocos amigos, y le reprime:

—¡Vos sos peor que una placera, que no se le puede confiar nada! Ahí anda todo el mundo con el chisme de que yo le ando echando ojitos a la Concha Vaquerano, ¡y te pedí que no se lo dijeras a nadie, vos!

Y usted, todo cohibido, le repite que el secreto no ha salido de usted, que quizás ha de haber sido alguien más, que quizás la misma Concha Vaquerano, para darse importancia, se lo dijo a alguien y esta otra persona ha difundido el tal chisme. ¡Pero usted sabe bien, sabe *exactamente*, quién esparció la noticia a la velocidad de la luz por todo el pueblo y, por ende, a los pueblos vecinos!

Las comadres no se andan con babosadas y se dicen: "Si el tal Pedro Guandique de la O se llevó a la Mariyita, es porque la Mariyita quiso que se la llevaran; y si ahora la Mariyita está preñadita, viviendo en un cuzul allá por El Calvario, es porque ella quiso quedarse preñadita, pues; y si don Toñito Moncada se acercó a la venta de riguas que tiene la Concha Vaquerano con el pretexto de comprarle riguas y chicharrones y aprovechó para echarle unos cuantos piropos a la gordinflona, y esta, que no es nada tímida, lo invitó a su casa a cenar y a comer riguas con queso Petacones y sopa de chipilín, y que luego se les hizo tarde *platicando* y que se amanecieron todos ofuscados y que don Toñito puso el pretexto de que él llegó en la madrugada a su casa porque tuvo que despedir, con otros cheros, a Tiburcio Malpartida que iba a unirse a una caravana con rumbo al norte y que había salido de San Pedro Sula y que iba con planes de entrar a los Estados, como otro mojado más, y que don Toñito confiaba que Tiburcio, que en verdad ya había salido dos días antes, ya estaría fuera del país, en Guatemala, esperando la caravana y así ni Tiburcio ni nadie podría ya darle partes a su mujer de su guáspira y de su aventura con la Concha Vaquerano y que hasta la policía fue informada de la *desaparición* de don Toñito, un valioso miembro de la sociedad pueblerina y que hasta vocal era en la alcaldía y que la alcaldesa lo tenía con aprecio, pues él era de los pocos que sabían leer en el Consejo Municipal y que todo eso, pues no era culpa de las comadres, sino de don Toñito y de la Concha, por andar de pícaros".

Sobre esto de viajar más rápido que la velocidad de la luz, hay que decir algo, si lo dicen las comadres no tiene valor, pero si lo dice algún letrado, entonces se reconoce como posible. Ejemplo: la comadre viaja al confín del universo y luego se regresa, en un instante, a completar la lectura de su novena. Si ella dice esto, en público, todo

el mundo comenta: "¡pero qué señora tan tonta es ésta!".
Mas, si lo dice un notable profesor de Física del Quantum
de una reconocida universidad de Inglaterra y que ha
ganado un Premio Nobel, entonces todo suena diferente,
aunque los dos estén diciendo lo mismo. Dice el notable
profesor, genio de Inglaterra: "Si yo me paro en una colina,
sin impedimentos a mi vista, y mi vista viaja más rápido
que la luz y da la vuelta completa al Universo, es muy
posible que yo, al mismo tiempo, pueda contemplar todo
lo que está enfrente de mí, pero también lo que está detrás
de mí, y así podría yo ver mi *occiput*, o sea, la parte de atrás
de mi cabeza, al igual que mi nuca y mi espalda". Y, como
lo dijo este genio, entonces todo el mundo abrió la boca y
dijo: "¡ahhh, pero qué hombre más inteligente y genial es
este!". En realidad, los dos, la comadre y el genio británico,
están expresando o aludiendo a lo mismo, que es que el
último confín del pensamiento del hombre está un poco
más allá de los impedimentos de la física y que el límite
del pensamiento del hombre es la voluntad, el límite de
la voluntad es la fe, y pensamiento y fe son lo mismo: sin
fe no hay pensamiento, sin pensamiento no hay fe, y si no
hay fe entonces "la montaña no se moverá".

Las comadres pueden reconocerse fácilmente, pues casi
siempre andan vestidas de negro, ya que casi siempre están
de luto por la muerte de algún familiar o la de algún amigo
cercano, aunque esas muertes hayan ocurrido muchos
años antes. De otra manera, se visten con un balandrán con

revuelos largos, casi tocándose los tobillos y completan el vestuario con un delantal blanco, bordado con pequeñas flores en las mangas y los bolsillos de dicho delantal. Las comadres son las encargadas de poner los apodos a los malos gobernantes, que son abundantes en nuestro país, así como a los demás pícaros que pululan por las calles de nuestros pueblos. Tales apodos son, a veces, perspicaces y descriptivos de algún aspecto físico de la persona poseedora del apodo. Varios de ésos gobernantes han sido conocidos como "El mica polveada" (un antiguo candidato a presidente de la república), "El trompa de nuégado" (un reciente ladroncito y saqueador de la pobreza nacional y ahora refugiado en un país vecino para evitar persecución y humillación por sus descarados robos), "Toño sospecha" (un pobre muchacho, agarrado infraganti cuando, para combatir el hambre, se robaba unas gallinas y cuando la policía lo llevaba a prisión con sus dos pulgares amarrados con un cáñamo y las dos o tres gallinas colgando sobre sus hombros, alguien le preguntó: "¿Y por qué te llevan preso, Toño?", él contestó: "¡Pues por sospecha!"), "El casi tres onzas" (un apodo muy certero, dado a don Casimiro Peñate, el dueño de un pequeño almacén, a quien le gustaba acortarle la yarda a los casimires que vendía. Tal hábito le valió la pérdida de la clientela, que a su vez benefició a don Víctor Nichárico, un querido señor italiano de linaje ancestral, pulcro y honesto, inteligente y bondadoso con los pobres, su almacén floreció rápidamente y pudo él adquirir la fortuna necesaria para educar a sus hijos, uno de los cuales llegó a ser un reconocido banquero. Después del terremoto que destruyó al pueblo, don Víctor abrió su almacén en la capital y su amor al pueblo le sugirió bautizar a su almacén con el nombre de nuestro pueblo. Por su parte, don Casimiro Peñate gustaba de presumir de sus rellenos de oro, que ocupaban la casi totalidad de sus dientes. Las comadres decían que, si don Casimiro sonreía en la oscuridad de la noche, el brillo de sus dientes era tal que daba la impresión de que uno estaba contemplando un espectro. Don Casimiro aseguraba que el total del oro que se había usado en los rellenos de sus dientes era de casi tres onzas, lo cual le valió el apodo de "Casi tres onzas", bastante adecuado, pues su nombre era también Casimiro).

El otro apodo que ha persistido durante varias generaciones es el que se le otorgó a una pobre y joven mujer, la cual se dedicaba a divertir a los muchachos del pueblo con sus favores femeninos. En algún momento, Carmencita, que así se llamaba nuestro personaje, se descuidó en sus tareas y resultó embarazada, pero, como era imposible saber quién de todos sus clientes fue el afortunado de recibir el título de "papá de la criatura", el pueblo encontró una fórmula feliz para resolver la incógnita y desobligar de responsabilidades a alguien en particular, y se acordó en llamar a Carmencita con un apodo o nombre lapidario: "La panza de ocho", título que hasta ahora no ha podido ser superado por ninguna otra muchacha de la vida alegre. Pero déjeme decirle de dos apodos más: el de "El Furia" y el de "La Pe De Be" (PDB). Pues es el caso que a don Elías Sigüenza Macario, el del Cantón Amapolas, le dicen "El Furia" porque sólo enojado vive, de todo se enoja ese hombre y cuando habla con un su vecino pega unos enormes gritos que hasta en San Miguel se le oyen. Ya los migueleños saben lo que es, pues cuando escuchan rugidos distantes se dicen entre sí: "ya está platicando don Elías".

Como era duro conseguir trabajo aquí en el pueblo, don Elías se unió a una caravana que iba para los Estados. Un primo le prestó el pisto para pagarle a los coyotes y pudo entrar de mojado allá por California. Él había oído decir que San Francisco es una ciudad bien chula y que ahí abunda el trabajo y se fue para allá, pero en San Francisco no encontraba trabajo hasta que unos vagos le ofrecieron el de "Distribuidor de drogas", que Don Elías aceptó con mucho gusto, pues él pensó que las tales drogas eran, quizás, aspirinas o ganoles. Así trabajó unos días hasta que se le ocurrió desenvolver uno de los paquetes en donde venían las drogas y encontró unas bolsitas de plástico con un polvito blanco adentro. Don Elías probó un poquito del polvito blanco y casi se vuelve loco. Cuando despertó de unas pesadillas que el polvito le produjo, Don Elías se dijo para sí, "¡estos canallas están matando a la gente!", y como pudo se regresó al pueblo y puso un puesto en el mercado para arreglar zapatos viejos, que bien arrechos que le quedan, que hasta nuevecitos parecen.

Pues a Don Elías le gusta usar palabras que él aprende de ver las telenovelas y así a todos los cipotes malcriados les dice "canallas" y a veces usa frases que ni él mismo sabe lo que quieren decir. Una vez, se aprendió la frase "por lo consiguiente", que le oyó decir a un juez, en una telenovela, que estaba enviando a chirona a un mañoso que se había güeviado unas gallinas. De ahí en adelante, Don Elías usaba esa frase todas las veces que podía y la usaba hasta para comprar media libra de café molido, donde la Ña Lolita Cuéllar, que vende café molido y también ya percolado y que le queda ¡bien rico!, pues usa una mezcla de café media altura con café de la finca de los Pacheco, y que ahora ya es de los Jomber. Pues una vez llegó a donde don Elías a pedirle consejo la Concha Vaquerano, la torroploca que vende riguas allá por el telégrafo y le platicó que andaban por ahí unos chismes sobre ella y don Toñito Moncada y que qué podía ella hacer para calmar esos chismes, pues. Don Elías aprovechó el chance de usar sus frases preferidas, y le aconsejó: "Es así porque usás vestidos pachucos y se te notan las pompis de ballena que tenés, *por lo consiguiente* tenés que *desistir* de usar tales *vestimentas* para que los *canallas* inviertan su *mezquindad* en otras cosas, pues". La Concha, que es más tonta que avispada, entendió todo al revés de las babosadas que le dijo Don Elías y ahí anda con sus vestidos pachucos y a veces hasta de minifalda se la ve. Y los cipotes pícaros, cuando la ven pasar, se esconden detrás de los palos y le gritan:

—¡Pe De Be!, ¡Pe De Be! —que sólo quiere decir Pompis De Ballena.

Y ahora así le dicen a la Concha, que cree que le están diciendo piropos porque, según ella, ella es más guapa que la Ariadna Welter, la chulona mexicana que trae locos a todos los cipotes, pues.

Las comadres dirigen las novenas después de la defunción de un pariente o de un amigo, pero también son las encargadas de corregir a los cipotes malcriados y tal corrección requiere, muchas veces, del uso de chilillos para asentarlos en las espaldas de los malcriados, ya fueran nietos o vecinos, cuando tales cipotes van pasando enfrente de ellas y las obligan a interrumpir sus rezos. Tales chilillos son especiales y las comadres prefieren usar ramas del árbol de guayaba, por su dureza y flexibilidad, "¡para que no se quiebren!" cuando azotan a los malcriados nietos, con el resultado de que, después de un chilliyazo de ésos, había que portarse bien, porque si no...

Por motivos desconocidos, las comadres siempre inspiran un profundo respeto en nuestros pueblos: su postura ante la vida y su incapacidad de doblegarse al infortunio son virtudes necesarias para merecer ese respeto. Las comadres no venden sus simpatías a nadie, ellas crecen y viven en la semi-pobreza, pero lo esencial de sus conocimientos las coloca siempre en el centro de la verdad de lo que se discute.

Su fe está siempre manifiesta cuando enfrentan la injusticia y sus lágrimas jamás son mercenarias. La verdad de sus motivos, al recorrer los caminos de la vida, se percibe en la elocuencia de su silencio y en la pausa de sus pasos; en su caminar sin ruido, en sus respuestas sin ambages o rodeos y en la quietud de sus risas.

El bicoin

—'Nas tardes, Ña Licha.

—'Nas tardes, Ña Tenchi.

—Dígame, Ña Licha, usté que lee los periódicos, que hasta suscripción tiene, ¿qué le parece a usté el nuevo pisto, el tal bicoin?, porque a mí me tiene confundida y hasta preocupá. ¿Y a usté?

—Pues mire, Ña Tenchi, a los que comerciamos de a poquito, como usté con su panadería y yo con mi venta de mangos verdes y de aguacates Jas, pues no nos afecta mucho, pues el bicoin es pisto pa' negociar en grande, digamos de unos cien dólares pa' arriba. Porque, fíjese usté, ¿cómo le voy a dar vuelto a alguien que sólo me compra media docena de mangos o de aguacates y él me está pagando con una moneda que vale treinta mil dólares?, ¿y yo de dónde saco el pisto para el vuelto, pues? Y en su caso, aunque usté venda una docena de pan francés o una docena de pastelitos de piña, pues tiene usté que vender su casa, con todo y panadería, pa' darle vuelto al que le compre con un bicoin.

"Por ahora, el gobierno nos va a depositar a cada ciudadano una cuenta de trescientos dólares en bicoin pa' negociar de a poquito, y el banco va a llevar los saldos de cada cuenta hasta que se acaben los trescientos dólares, o depositemos algo en las cuentas pa' seguir negociando con bicoins.

"Los cipotes de Ña Corina, que son bien abusados con sus celulares, me enseñaron cómo se compra y se vende con bicoins usando el celular de uno. A mí me dio dolor de cabeza el aprender cómo se hacen esas cosas, pero uno va aprendiendo poco a poco, y, en de repente, ya se siente más fácil el proceso. Por ahí dicen que el gobierno quiere hacer todo un pueblo dedicado a fabricar bicoins y que van a usar las calderas de un volcán pa' convertir ese humo en energía pa' mover las máquinas que producen bicoin y que por ahora sólo se hacen en los Japones. ¡Imagínese usté, Ña Tenchi, ¡nuestro paisito produciendo bicoins, pues! Calcule usté: un quintal de café vale doscientos dólares y se necesita toda una finca pa' que salga una ganancia, y con sólo una monedita de bicoin uno saca ganancias a todo dar, como si uno tuviera tres fincotas que produzcan cien quintales cada una, que sólo los Jomber pueden hacer eso, pues.

"En fin, Ña Tenchi, yo creo que el bicoin va a ayudar bastante si los gobernantes no se embolsan las ganancias del bicoin pa' comprar casitas en los Estados o en los Parises.

Pero si tenemos suerte y nos caen gobernantes honestos, pues vamos a salir adelante, como todo el mundo espera, pues".

—Ña Licha, gracias por su plática. Orita voy a contactar a los hijos de Corinita, que es mi vecina, pa' que me enseñen a negociar con los bicoins.

El profeta

—'Nos días, Ña Licha.

—'Nos días, Ña Quetiya.

—Díganos, Ña Licha, usté que ya sabe leer, ¿qué es un profeta, pues?, porque ahí anda el señor cura hablando de profetas en los sermones del domingo.

—Pues mire, Ña Quetiya, profeta es alguien que dice las cosas que van a pasar unos diyitas antes de que pasen. Ahí tiene usté a don Lucho Menjívar que dicen que es profeta porque dijo que el tal Pedro Guandique s'iba a llevar a la Mariyita, la cipotona que es l'hija de Ña Corina y que trabaja en la Farmacia Mejías vendiendo paletas, ganoles y aspirinas. Pues don Lucho les dijo a unas gentes: "Ese Pedro se va a llevar a la Mariyita", y así fue, el Pedro se la llevó y ahí la tiene, toda preñadita, viviendo en un cuzul allá por El Calvario, todos amancebados, pues ni a misa van. Y ahí anda don Lucho por el parque, todo orgulloso y diciéndole a todo el mundo: "¿Verdá que les dije que el tal Pedro s'iba a llevar a la Mariyita?" Y por eso dicen que es profeta, y don Lucho, que vio unos cuadros de profetas y todos ellos con unas sus barbas bien largas que les llegan hasta la barriga, así, pa' parecerse a ellos, se ha dejado crecer unas barbas ralas que tiene que ni espesas son, pues él es medio indio y no como las barbas de los profetas de los cuadros, y don Lucho que ni se las cuida, pues cuando toma atol de elote se le embarran las barbas y ahí anda todo chuco con las barbas llenas de atol. Pues sí, Ña Quetiya, eso es un profeta, el que adivina las cosas que van a pasar unos diyitas antes de que pasen.

Lázaro

—'Nas tardes, Ña Licha.

—'Nas tardes, Carlotiya.

—Mire, Ña Licha, hoy dijo el señor cura algo sobre un tal Lázaro que estaba bien muerto y que Jesusito llegó y le quitó lo muerto d'encima. ¿Y usté qué sabe d'eso, pues?

—Mire, Carlotiya, yo entiendo que Jesusito siempre andaba ayudando a la gente y un día a un pariente de Él que se llamaba Lázaro le cayó una enfermedá y los remedios no le hicieron efeto y le dio el patatús, y, después que se murió, lo metieron a una cueva porque así hacía esa gente con los que se les morían, pues. Y así le fueron a avisar a Jesusito, que andaba por otros pueblos, que el pariente estaba bien enfermo con unas grandes calenturas, como si fuera paludismo, y que la hermana de Lázaro estaba inconsolable. Y entonces Jesusito emprendió camino p'al pueblo donde vivía Lázaro, y ya llegó bien tarde, pues se tardó como cuatro días para llegar porque no habían taxis en aquellos días, y cuando llegó le dijeron que Lázaro estaba ya bien muerto y que tenía como tres días que lo habían sepultado en la cueva y que ya yedía. Y la hermana, que estaba llora y llora, le dijo a Jesusito: "¿Y por qué no viniste antes, pues?", así no le hubiera pasado nada a mi hermanito"; y Jesusito le dijo: "Ya no llorés tanto, Martita", pues así se llamaba la hermana, "Yo te vuá ayudar, vos llevame a la cueva donde está Lázaro y yo le vuá pedir a mi Papá que me eche una manita con Lázaro y ya verás que todo va a salir bien, pero ya no llorés tanto porque me estás poniendo nervioso". Y Martita lo llevó a la cueva y salía un tufo bien fuerte y había un montón de mojcas que a saber cómo se habían metido a la cueva donde estaba Lázaro. Y Jesusito le dijo a Pedro, que lo andaba acompañando: "Mirá, Pedro, prestame un pañuelo, vos, pa' taparme la nariz, que aquí yede mucho, que hasta nausea me está dando", y Pedro le prestó un pañuelo chuco que andaba pa' que se tapara la nariz y no le diera tanto asco el tufo que salía de la cueva, pero luego Jesusito le dijo al Pedro: "Mirá, vos, y no tenés por ahí otro pañuelo, vos, porque este que me diste está bien chuco y yede más que la cueva", y entonces Jesusito sólo se tapó las narices con los dedos, pa' no güeler la jediondez que salía de la cueva y le dijo a unos cheros que andaban por ahí: "¡Quiten esa piedrota redonda que está tapando la cueva que quiero hablar con Lázaro!", y los cheros se rieron entre sí porque ya sabían que Lázaro ya tenía como cuatro días de estar bien muerto, pues, pero quitaron la piedrota y quedó abierta la cueva donde estaba Lázaro y Jesusito se paró a la entrada de la cueva y pegó un gran grito, y dijo: "¡Lázaro, soy yo, y ya levantate y salí de esta cueva chuca donde te han metido, que quiero hablar con vos!" Y no va a creer que el Lázaro se levanta del suelo donde estaba tendido, pues, y que empieza a caminar y a salirse de la cueva hacia la entrada donde estaba Jesusito llamándolo y que parecía una de esas momias de las películas del gordo y el flaco, todas vendadas, y que caminan bien lento, lento, pero que siempre alcanzan al pobre gordo por más que este corra y corra con esas sus patitas cortas y su barrigota. Pues así salió el Lázaro de la cueva, todo vendado y caminando lento, lento, y al verlo los cheros que habían quitado la piedrota de la cueva y otro gran montón de gente que andaba por ahí, salieron todos corriendo, chipusteados y tropezándose los unos con los otros, pues, bien espantados de ver al muerto que venía por ellos. Pero Jesusito le dijo a Lázaro: "Quitate esas vendas chucas d'encima, vos, que parecés una momia y estás espantando a esta gente y a los chuchos", porque andaban unos chuchos por ahí y que empezaron a ladrar y aullar por el gran relajo que hicieron los que salieron espantados, cuando divisaron a Lázaro saliéndose de la cueva, pues... Y el Lázaro se quitó las vendas de la cara que le estorbaban para ver a dónde iba, y que se podía tropezar, y que casi se cae por las piedras que estaban en el suelo de la cueva. Y así salió, y cuando se quitó las vendas pues fíjese que estaba igualito a como era antes de que se muriera, y la gente bien admirada de lo que estaban viendo, y muchos de los que habían salido corriendo se regresaron para ver aquella maravilla y darle gracias a Jesusito por lo que había hecho. Y así Jesusito le preguntó a Lázaro, al nomás salir éste de la cueva: "¿Y cómo te sentís, vos?" y Lázaro le dijo: "Pues aquí, un poco mareado, hom. Pues yo estaba bien galán, jugando naipes con unos cheros, cuando Vos me llamaste, y como Sos mi pariente, pues tuve que venir a ver qué querías, y cuando venía de regreso me empecé a preguntar: bueno, y Éste ¿pa' qué me quiere resucitar, pues, si me voy a morir otra vez dentro de unos diyitas más, pues?', y Jesusito le dijo: "Vos no te preocupés, que d'eso yo me encargo. Orita lo que tenés que hacer es ir a consolar a Martita, que ha estado llora y llora por unos cuatro días y decile que haga algo de comer, pues tenemos varios días de no comer algo sustancioso, pues nos apuramos pa' venirte a ver". Y así fue, y Martita y unas cheras que tenía empezaron a preparar el lunch para Jesusito y sus doce acompañantes, pero una de las cheras le dijo a Martita: "Mirá, Martita, a ese Judas Iscariote no le des de comer porque me cae mal y tiene una miradita de viejo pícaro, y no se baña, pues yede a zopilote y a chucho mojado", pero Martita le dijo: "Cómo serás vos, Fátima, hay que tratar igual a todo el mundo, aunque sean mañosos y mala gente, como el Judas. Además, ya te dije que usés faldas más decentes y no andés ahí enseñando pantorrilla como artista de Joligud". Porque en aquellos días las faldas eran bien largas que llegaban hasta el suelo y los ruedos siempre andaban chucos por limpiar las calles donde caminaban las muchachas, pero la Fátima, que era medio coqueta, le subía un palmo al ruedo de la falda para enseñar los pies y las uñas pintadas que traía. Y Martita con sus cheras cocinaron un puchero de lentejas con carne de chivo, ¡bien rico!, y así comieron todos, bien galán, del gran almuerzo que habían hecho pa' celebrar que Lázaro ya no estaba muerto, pues. Y hasta una piñata reventaron para los cipotes del barrio y, para postre, mandaron a comprar unos buñuelos y unos baclavás en una panadería que unos griegos tenían en el pueblo. ¡Y es que esos griegos son cosa seria, Carlotiya, pues nomás oyeron que los hebreos iban para un lugar donde abunda la miel y la leche, pues, ni cortos ni perezosos empacaron sus tiliches y se dejaron venir de sus Atenas y lo primero que hicieron al nomás llegar a Tierra Santa fue abrir por todos lados un montón de panaderías pa' vender buñuelos y baclavás! Pero la tal Fátima traía bien vigilado al Judas y cuando este se levantó para servirse más puchero, la Fátima se apuró a llevarse la olla del puchero para la cocina y que no comiera más el Judas porque ya tenía fama de glotón y mañoso, y que se güeviaba el pisto de la alcancía que llevaban para la colecta y que les servía para comprar los almuerzos cuando iban de pueblo en pueblo, acompañando a Jesusito. Pues al final del almuerzo le pidieron a Jesusito que dijera unas palabras, y así fue, Él les dijo un sermón bien corto, pero a todo dar y, como siempre hacía, al final terminó diciéndoles: "¡Pórtense bien, porque si no se los va a llevar Candangas!", que así le dicen al Maligno, pues. Luego del almuerzo, Jesusito se fue a felicitar a Martita y le dijo: "Martita, ¡qué rico le quedó el puchero con esa carne de chivo! ¿Y cómo le hizo pa' que le quedara tan blandita?, tiene que darle la receta a Jaimito", que era el cocinero del grupo, "porque a él siempre le queda la carne de chivo más dura que la suela de estos caites", porque en aquéllos tiempos sólo caites se usaban. Y en ese momento llegó el Judas, que ya había oído decir que Jesusito, en una boda de una su prima, había convertido en vino unos porrones de agua cuando ya se había terminado el vino por culpa de un montón de bolos y cuerudos que se invitaron ellos solos a la boda, y el Judas, a quien también le gustaba el guaro, quiso aprovechar y le dijo a Jesusito: "Mirá, ¿y no querés que te traiga unos porrones de agua pa' saborear de ese vinito que sabés hacer, vos?", y Jesusito sólo se sonrió, y le dijo al Judas: "¡Mejor andá sentate y ya no fregués tanto, vos". Y ya, al final, y para despedirse, Jesusito le dijo a Martita: "¡Gracias por el lunch, pero nos tenemos que ir, pues ya se está haciendo tarde y hay otros pueblos que quiero visitar!", y Martita le dijo: "¿Y no querés llevarte un poco del puchero y que te envuelva unas tortillitas de harina p'al camino y así tenés algo pa' comer si más tarde te da hambre?". Pero Jesusito le dio las gracias y le repitió las famosas palabras: "¡No sólo de pucheros vive el hombre, Martita!", y se despidieron de todos, y cuando iban de camino unos se empezaron a preguntar: "¿Y bueno, y qué le va a pasar al Lázaro, pues?", "¿Se irá a morir otra vez, o qué?", y por eso dicen que el Lázaro ya no se volvió a morir y que anda por ahí, esperando que Jesusito lo llame de nuevo. Pero otros dicen que sí, que Lázaro sí se volvió a morir, pero esa segunda vez Jesusito ya no lo resucitó porque a Jesusito no le gusta resucitar dos veces a la misma gente, pues, y otros dicen que Jesusito fue bien 'pecífico' cuando le quitó lo muerto al Lázaro y le gritó que se levantase, pero sólo él, porque si no hasta los que se murieron hace un montón de años se hubieran salido de sus tumbas y hasta esos animalotes, que les dicen "broncosaurios", se hubieran resucitado; y, imagínese usté, Carlotiya, pues ¿qué va a hacer uno con tanta gente muerta y con esos animalotes que comen más que don Rigo Viñegas, el torroploco que vende tamales en el mercado, pues?

Dios

—'Nas tardes, Ña Licha.

—'Nas tardes, Ña Quetiya.

—Mire, Ña Licha, usté que va seguido a misa, ¿y por qué le dicen Dios a Dios, pues?

—Mire, Ña Quetiya, asegún el señor cura, que estudió en las Españas, dice que Dios no tiene nombre, veá, pero se deja que le llamen así para no confundirnos con unos seres malos que andan por ahí, veá. Pues dice el señor cura que un día, ya hace un montón de años d'eso, andaba un barbudo arriando vacas y ovejas en unos potreros, allá por los Egiptos, cuando vio unos chiriviscos ardiendo y que no se apagaban por nada. Y el tal Moisés, que así se llamaba el barbudo, se empezó a espantar y se decía: "Bueno, ¿y por qué estos chiriviscos no se apagan, pues?", porque ya iba como media hora y la llama no se iba. El Moisés, que era bien curioso, se empezó a acercarse despacito, despacito a los chiriviscos pa' no quemarse, y en de repente, ¿y no que sale una voz de los chiriviscos, pues?, y la voz le dice al Moisés: "¡Moisés, Moisés, no te espantés y no salgás corriendo, ¡pues no te vuá hacer daño! Estate ahí, quieto, y no te acerqués tanto porque te podés quemar, ¡pues tengo algo que decirte!" Y el Moisés, todo neino, neino por el susto, le preguntó a la voz: "¿Y quién sos vos, pues?, ¿y cómo te llamás, y dónde vivís?"; y la Voz le dijo: "Vos sos muy preguntón, pero yo no tengo nombre propio, porque si tengo nombre, como vos, yo ya no sería quien soy. Yo soy el que soy, y ya; y poné atención, porque te voy a dar dos ladrillos de piedra pómez pa' que no te pesen mucho, pa' que se los des a tu tribu y que sigan las diez instrucciones que voy a escribir en los ladrillos. Y el Moisés, con las rodillas todas tembleques por el gran susto, porque, ¡imagínese usté, Ña Quetiya, ver un chirivisco ardiendo y que no se apaga y luego oír una voz que salga del chirivisco!, pues eso es pa' espantar a cualquiera y que hasta un patatús le puede dar a uno, pues. Y así el Moisés le dijo a la voz:"'Tá bien, Señor, yo vuá hacer lo que me digás, pero si me preguntan quién me dio esos ladrillos, qué les puedo decir, pues". Y la voz le dijo al Moisés: "Vos subiste a ese monte, que le dicen Sinaí, y ahí te voy a dar los ladrillos ya engravados con letras de imprenta y cuando te pregunten que quién te los dio, vos deciles que YA... WU... HE... te los dio y eso los va a calmar". Y así fue, pues, pero entonces va el Moisés y le dice a la Voz: "Mirá, y no tenés algo más fácil de decir, vos, porque ese nombre que me has dicho es bien duro de decir que ni los chinos lo pueden pronunciar", entonces la voz le dijo al Moisés: "Sólo decime Dios, pues", y así fue cómo le quedó el nombre de Dios a Dios, pero el señor cura dice que nos quedamos con la palabra Dios por culpa de unos griegos que no sabían quién se había inventado tanta gente y tantas cosas lindas, y se les ocurrió darle ese nombre y porque es más fácil de decir que el que se le dio al Moisés y que, según el señor cura, Dios vive bien lejos de aquí, pero siempre nos anda vigilando, como los papás vigilan a sus cipotes, pero que a Dios no le cae bien la gente grande porque sólo andan haciendo babosadas y peleándose entre sí, como si fueran chuchos con rabia; pero los cipotillos sí le caen bien y los cuida pa' que no les pase nada malo. Pues una vez a un cipotillo, que se llamaba Pedrito y que tenía lucemia, le dieron permiso pa' visitar a donde vive Dios, y Dios lo recibió con una piñata y unas paletas de leche con fresas, ¡bien ricas!, y lo llamó y le dijo: "Vení pa'cá, Pedrito, Yo soy chero tuyo, hom", y luego le presentó a Su Hijo: "Mirá, este es M'Hijo, y por eso se parece a Mí y en Él tengo todas mis complacencias, y por ahí anda volando una palomita que también es mía y la tengo bien entrenada pa' que haga lo que yo le digo". ¡Y no que luego, luego y que llega volando un Pichoncito blanco a pararse en el hombro de Dios, pues, ¡como si fuera un perico, d'esos que venden en la feria, y a susurrarle a Dios a saber qué cosas! Y no que al cipotillo le dan ganas de jugar con el Pichoncito, pues, porque es bien bonito y es bien manso, y viene Dios y que le dice al Pichoncito: "Andá a jugá un ratito con Pedrito, pues"; y así fue, y después que terminaron de jugar también se le terminó el permiso a Pedrito y cuando se regresó a su casa pues fíjese que Pedrito ya no tenía lucemia, pues.

FIN

Deseo

Que algún día a todos nosotros se nos dé permiso para ir a visitar a Él, El dueño del Pichoncito manso y lindo que ama a los niños, a los inocentes, los que nunca han azuzado una guerra para destruir y arrebatar un pedazo de tierra; los que nunca han robado; los que nunca han segado la vida de un semejante; los que nunca han vendido droga para empujar y sumir en un abismo oscuro, sin fondo, el espíritu del hombre.

OTRO FIN

Del sol y los planetas

Porque el átomo no es cuadrado, pues.

(Física elemental)

—'Nas tardes, Ña Licha.

—'Nas tardes, don Julito, ¿cómo está usté?

—Pues aquí, con mis riumas que a veces no me dejan caminar. Pero ahí vamos y rogando que no me empeore, pa' así poder seguir trabajando en esta vida. Por ahí leí que el calor del sol es bueno pa' las riumas y me voy a dedicar a darme un bañito de sol todos los días a ver si así me alivio un poco de estos dolores, que ya ni las ganoles me están haciendo efecto. Y dígame usté, Ña Licha, usté que ya terminó la escuela primaria, ¿de dónde han salido los soles y los planetas, pues?

—Don Turcios Aguirre, que se la lleva de sabio, dice que salieron de una explosión bien grande, hace un montón de años, y que la explosión fue tal que hasta sordo lo puede dejar a uno, pues, y que fue más fuerte que la de los cohetes que revientan en las fiestas patronales del pueblo, y también dice que de ahí salió toda la luz. Yo no le creo, pues a veces se inventa guáspiras pa' confundirlo a uno.

—Pues sí, Ña Licha, dígame, ¿usté qué ha leído d'estas cosas? Se lo voy a agradecer.

—Pues mire, don Julito, hay varias creencias sobre todo esto. Ahí están los que dicen que saben y creen que todo lo que vemos salió de algo, y que ese algo se reventó en una gran explosión, como usted dice, y que de esa explosión se formaron todas las cosas que vemos, pues. Ellos dicen que sólo una vez en la vida, pero que sólo una vez, y esto es lo duro de entender, que la nada, por sí misma, ella solita, decidió hacer algo, de donde salió todo esto que vemos, pero que antes de ese algo que apareció por sí solo no había nada, y que la nada de hoy es diferente a la nada de ayer, o sea, la primera nada, porque la nada de hoy ya no puede producir algo, como antes lo hizo. Ahora sólo nada, pues, como que si la nada de repente se aburrió de hacer tantas cosas, pues.

"Lo que es duro de imaginar es el algo de donde vino todo esto, pues, ¿qué era ese algo?, ¿era chiquitito o grandotote?, ¿era cuadrado o era redondito? En fin, hay otros que dicen que la nada de hoy es igual a la nada de ayer, y que de la nada no puede salir algo porque entonces la nada ya no sería nada, pues. Y si la nada es nada, entonces ese algo que apareció en medio de la nada no pudo venir de otro algo, si no que vino de alguien que estaba bien aburrido y decidió hacer ese algo de donde salieron todas las cosas que vemos, veá.

"En lo personal, yo creo que todo esto que vemos salió de algo que era redondito, porque, si usted se fija, la luna y todos los planetas son redondos, pues, y si son redondos, pues por algo será, y que no salieron de algo que era cuadrado porque entonces eso sería lo mejor pa' andar los planetas viajando de un lugar a otro, pues. Yo por eso me salí de la primaria, porque todas estas cosas me daban dolor de cabeza que ni las ganoles me ayudaban, y también porque Pablito Cienfuegos, mi marido, ya me andaba molestando pa' que me casara con él y mejor me dediqué a tener un puesto en el mercado y vender mangos verdes y tamales pisques de manteca de chancho, ¡y bien ricos que me quedan, pues!

"Lo que tampoco entiendo es que de dónde sale todo ese calor del sol que le ayuda pa' sus reumas y hace crecer las milpas y los cafetales. Ahí tiene usted a don Isaías, el ingeniero, que es primo de Manuel Enrique, el presidente, y que dicen que una vez don Isaías, pa'l cumpleaños de su hija, encargó una barra de hielo y unos jarabes de fresa y de limón pa' hacer minuta pa' los cipotes, y que le trajeron una barra de hielo de unas veinte libras envuelta en un saco de yute, y que cuando don Isaías quiso sacar la barra de hielo del saco de yute, pues sintió que se le quemaban los dedos, que se le habían pegado a la barra de hielo, pues. De ahí sacó, don Isaías, la idea de que el sol, que también quema, pues ha de ser tan frío, tan frío que puede quemar como el fuego, y se inventó la "Teoría del sol frío", y que presentó a la Universidá como una tesis pa' su doctorado, pero no le hicieron mucho caso porque un profesor le dijo que, en lo personal, él nunca había visto salir ni chispas ni lumbre de una barra de hielo por más que se le dieran raspones a la barra. Y ahí quedó la 'Teoría del sol frío' como una reliquia pa' la familia de don Isaías y de don Manuel Enrique.

"Otros, que se la llevan de sabios, dicen que el sol es una bolota de hierro y que se formó después de la famosa primera explosión, y que es bien caliente, y que hasta llamaradas puede producir, y que esas llamaradas llegan hasta donde estamos nosotros pa' darnos calorcito y que le mejore sus reumas. Pero como nadie ha ido al sol y traerse un pedacito de sol pa' que lo estudien los estudiosos, pues hay que creer lo que nos dicen. Los chistosos y bromistas, como un migueleño que anda por ahí, dicen que pa' viajar al sol hay que viajar de noche pa' no quemarse, y así arrancarle un pedacito al sol y traerlo a la Universidá pa' que lo estudien. A mí eso me suena a guáspira, porque

ese migueleño ni trabajo tiene, y ahí anda de futbolista del Aspirantes, pero que ni goles mete, pues.

"Pa' mí, que soy ignorante, toda esta maravilla que vemos tuvo que haber salido de otra maravilla más grande que ella, veá".

El cine de Jucuapa

En aquellos días las películas se dividían en categorías específicas: "una de guerra", "una de vaqueros", "una del gordo y el flaco", "una de Cantinflas", "una de guampiros", y "una de amores". Los cipotes podían ir al cine a ver cualquiera de ellas, pero nunca "una de amores", pues eso significaba un abandono absoluto a las reglas de la tribu y, eventualmente, la condena a quedarse solo en los juegos callejeros, donde crecía y se divertía la juventud del pueblo.

Un día cualquiera aparecieron en la pantalla "las de lucha libre", con luchadores mexicanos peleando contra "la Momia" o contra "las Mujeres Guampiro", repartiendo "patadas voladoras" y "llaves Nelson" para someter a esos seres del otro mundo. Era un placer ver al "Santo" y al "Huracán Ramírez" juntar sus fuerzas y acrobacias para vencer a las dientudas y súper fuertes "Mujeres Guampiro" y zambullirles, en medio del pecho, una estaca de palo "pa' que "apriendan" a portarse bien y ya "nuanden" chupándole la sangre a la gente, pues", porque, ¿qué es eso de andar dándole mordidas en el pescuezo a una pobre muchacha, pa' chuparle la sangre y dejarla neina, neina, antes de convertirla en otra "guampiro", pues?

Después llegaron otros luchadores héroes como el "Tonina Jackson", un gordo barrigón que podía levantar cuatro hombres de un solo cachimbazo; el otro era "Tamacún, el Vengador Errante", un moreno con turbante que usaba pañales en lugar de calzoneta, como debería de ser, pues, "¡mire que usar pañales cuando uno está tirando "patadas voladoras"!... ¿y si se aflojan los pañales, pues?" Y así pasaron a la historia de la juventud pueblerina otros muchos héroes que despertaban el fervor de imitarlos en las fantasías de nuestros muchachos.

El cine era un galerón de madera, en la esquina opuesta al parque, que anunciaba la apertura de taquillas con la *Marcha Gerardo Barrios* y el principio de las películas con la *Marcha de Zacatecas*. Los cipotes que jugaban en el parque se esperaban a que empezara la *Marcha Gerardo Barrios* para dejar de jugar y salir corriendo hacia el cine, pagar los diez centavos de la entrada, ocupar las bancas de madera y empezar a gritar:

—¡Etiqueta blanca! —para que, cuanto antes, empezara la función.

Los gritos de "¡Etiqueta blanca!" siempre eran recibidos con los silbidos de "¡La vieja!" y el coro de risas y carcajadas en todo el cine.

El silencio absoluto venía cuando se abrían los ataúdes, que siempre estaban ocultos en algún viejo castillo o en una enorme cueva, y de esos ataúdes salían unas lindas y siniestras mujeres. La más bella de todas, y reina de las guampiro, era la Ariadna Welter, una mexicana guapísima a la que le gustaba andar en calzoneta para mostrar su perfecta figura. Los cipotes que estaban entrando en la adolescencia iban al cine sólo para ver en calzoneta a la bella Ariadnita, y era de esperarse el comentario de alguno de ellos:

— ¡Achís, yo sí me dejo que me muerdan el pescuezo, pero con tal de que sea mi novia Ariadnita, y en esa su calzoneta, no fregués!

—¡Ah, y ese Huracán Ramírez que ni toque a mi Ariadnita que, si no, voy a tener que darle penca, pues!

Al terminar la película empezaba la discusión de que si las guampiro eran tan guapas como las cipotas de Los Machuca, unas muchachas blancas y lindas del pueblo vecino, y a las cuales, para irlas a ver, o "a vigiarlas", era necesario ir en bicicleta y bajar la cuesta de la alameda hasta llegar al pueblo de ellas y sentarse en una de las bancas del parque del pueblo a esperar, a veces por horas, a que alguna de ellas saliese de su casa para admirarla y echarle algún piropo; y siempre habían burlas para uno de ellos si se atrevía a decir:

— ¿Te diste cuenta, vos?, ¡a mí me vio primero y hasta una sonrisita me echó!

Y la respuesta de los demás para el atrevido no se hacía esperar y se le incriminaba, diciéndole:

—¿Y a vos quién te va a mirar con esa tu cabeza de plancha que tenés, pues?

O algún otro:

—¡No fregués, vos, si hasta choco estás y ni bicicleta tenés! —porque era frecuente que el dueño de una bicicleta transportase uno o dos más de los cipotes para ir a ver a Las Machuca.

Imagínese usted, ver varias bicicletas con dos o tres cipotes en cada una de ellas bajando la cuesta de la alameda, a toda velocidad, gritando y pataleando para detener el impulso de la bicicleta que iba cuesta abajo, sin frenos propios sino por las suelas de los zapatos de los encaramados en las bicicletas. Por cualquier razón, nunca hubieron accidentes o golpeados durante esas aventuras y era de risa, ya de regreso al pueblo, ver turnarse a los cipotes, empujando la bicicleta y a su dueño cuesta arriba, y siempre gritando y riéndose y echándose bromas entre sí:

—Este choco ni empujar puede.

—A vos no te volvemos a traer.

—Decile a tu nana que te dé de comer.

—Si a vos ni te gustan las cipotas.

—Vos sólo el mate hacés y no empujás.

—En la próxima ya no nos vengamos con este gordo —y muchos otros más.

Cierto día, recordado como la mayor burla en los anales históricos del pueblo, apareció en la página frontal de un conocido periódico de la capital, la lista de las muchas "obras" que el presidente de la república de aquel entonces había hecho "en favor de su nación". La tal lista incluía también el costo, en dólares, de cada obra en la que el presidente había invertido. Para sorpresa del pueblo, la lista incluía, claramente, el Cine de Jucuapa, con un costo de veinticinco mil dólares. Como siempre, el pueblo se empezó a preguntar, "¿y en dónde construyeron ese cine, pues?, porque aquí en el pueblo no hay nada de eso". El presidente de la república que había publicado, ufanamente, la lista de sus "obras hechas con gran esfuerzo y dedicación con el único propósito de favorecer a nuestra gente", era el teniente coronel Chebo Sulme, un pequeño pícaro, saqueador de nuestra pobreza, como lo atestiguaba la osadía de publicar en la prensa de aquel tiempo una lista de obras que jamás se edificaron, pero que sí tenían un precio que el país debería de pagarle al teniente coronel.

Chebo Sulme tenía esposa, pero también tenía "otra por ahí" con la cual tuvo un cipote, idéntico a él, ¡pa' que no se discutiera quién era su tata!" La "movida", allá por la

Cinco de Noviembre, tenía sus ventajas, pues estaba lejos de Casa Presidencial, pero en el camino al Cuartel Militar El Níspero, que Chebo "visitaba" regularmente.

En el pueblo, leer la noticia del cine y la lista de obras presidenciales que la prensa había publicado en su página frontal produjo un sentimiento de desamparo, aún en los que profesaban ser adeptos al partido político de Chebo Sulme, el "Teniente Coronel, Presidente de Nuestra Nación", quien resultó ser un ratero más, un vulgar mentiroso que seguía la huella de todos los que llegaban al gobierno a saquear las reducidas arcas, a gozar de impunidad por sus fechorías y terminar sus mandatos por los sucesivos e interminables "golpes de estado" dados por otro teniente coronel, quien prometía lo posible y lo imposible para jugar con la esperanza de los pobres y siempre terminaba en publicar "obras" que nunca se veían.

Pero el cine, nuestro cine, el que nunca se construyó, pero costó veinticinco mil dólares, llegó a conocerse como El Mejor Cine Virtual de El Salvador, o sea, algo que se puede ver pero no tocar; algo que está ahí, pero en realidad no lo está.

De piedras y diamantes

Solamente en un país como el nuestro, las piedras comunes y corrientes pueden llegar a valer más que un diamante. Este acierto puede corroborarse con hechos históricos.

Hace unos veinte años, cuando ya quedaba poco por robar de la pobreza nacional, un expresidente y sus achichincles se idearon una fórmula genial, aunque perversa, para llenarse los bolsillos con dinero ajeno, por medio de deudas ingentes, y embaucar la deuda sobre las espaldas de nuestros ciudadanos. Aquel grupo de mañosos decidió pedirle a la banca internacional un préstamo por doscientos millones de dólares que, según los partes publicados en la prensa, iban a ser utilizados para construir una presa hidroeléctrica que "iba a favorecer grandemente a la población en general". Se imprimieron panfletos para distribuirse entre la población, panfletos que mostraban el diseño de la nueva presa y tenían la intención de demostrarles a todos, que "este gobierno sí que vela por los intereses de nuestras gentes".

Se planeó una ceremonia para la colocación de "la primera piedra de la futura presa hidroeléctrica". Al sitio en donde se iba a construir la presa se hicieron presentes periodistas, cadenas de televisión, todos los ministros y el gabinete de aquel gobierno, representantes de la banca internacional que había otorgado el préstamo "a un bajo interés", los capos del partido político en el poder y multitud de paleros o sobalevas que esperaban una tajadita del nuevo préstamo y de la nueva deuda en contra de nuestro pueblo. Con toda la parsimonia, seriedad y esplendor que aquel acto requería, aquel expresidente marchó en medio de una escolta de sus ministros y, con paso seguro, caminó lentamente por el centro de una doble fila que los asistentes habían formado en una explanada que obreros y tractores habían alistado para que el cortejo pudiese avanzar sin complicarse la vida tratando de esquivar terrones de gran tamaño que pudiesen lastimar sus delicados pies. Las cámaras empezaron a tomar centenares de fotos en cuanto el cortejo se formó a un extremo de la doble fila de asistentes y el expresidente empezó su pausada caminata, escoltado por sus ministros, para dirigirse a un sitio ya designado con anterioridad para ahí colocar "la primera piedra de la futura presa hidroeléctrica".

El expresidente llevaba en sus manos, en realidad, una piedra común y corriente, de buen tamaño, que alguien había lavado para quitarle cualquier señal de polvo y que el expresidente no empolvase su traje ceremonial. Aplausos y ¡vivas! empezaron a llenar el ambiente cuando arrancó el cortejo. Los gritos de "¡Bravo, señor presidente!", "¡Así es como se hacen las cosas!", por parte de los presentes, trajeron las consabidas sonrisas de satisfacción en los rostros del expresidente y de sus ministros; además de las efusivas "¡'Chas gracias!", "¡'Chas gracias!", apretones de manos y abrazos cuando el expresidente colocó la "primera piedra de la futura presa hidroeléctrica".

La ceremonia terminó con las ya previstas entrevistas de los periódicos y cadenas de televisión al expresidente y a varios de sus ministros. Las fotos y videos de la ceremonia llenaron las páginas de los periódicos y los segmentos de noticias en los canales de televisión del país. El pueblo, nuestro pueblo, recibió la noticia con el austero sentimiento de siempre y con la esperanza de siempre de que "quizás, ahora sí, este gobierno va a hacer algo por el pueblo".

La presa iba a ser construida en medio de dos montañas, por donde el cauce natural del río se estrechaba y daba la oportunidad de construir una presa de buen tamaño y a un costo reducido al aprovechar los favores que la misma naturaleza estaba otorgando. Pasaron varios meses después de que "la primera piedra" había sido colocada y no se tenían noticias de cómo iban avanzando los trabajos en la presa. Eventualmente, algún periodista se asomó por ahí y tomó unas fotos de unos tractores y unos cuantos obreros levantando murallas para dirigir el curso del río hacia el centro de su cauce, como se hace con todas las presas del mundo.

Casi un año después de la ceremonia de colocación de "la primera piedra", empezaron a salir de la boca de los representantes del gobierno las excusas definiendo el porqué los trabajos en la presa no avanzaban.

—Pues, por el momento, los trabajos no pueden continuar porque las inundaciones que trajo el último huracán impiden el acceso al sitio donde se construye la presa.

—En este momento se está trabajando en el presupuesto general de la nación y no podemos determinar el resultado final.

—Por ahora estamos renegociando la deuda para bajar el porcentaje del interés y así favorecer a nuestro pueblo.

Así fueron pasando los meses sin que se adelantase un solo palmo en la construcción de la presa. Para entonces, el período presidencial estaba llegando a su término y la campaña para elegir un nuevo presidente estaba entrando en su apogeo. El nuevo candidato a presidente por el partido de "la oposición" prometía, como punto esencial en su plataforma política y de promesa para el pueblo, completar "como se debe la presa hidroeléctrica para traer alivio en las cuotas que los ciudadanos pagan por el servicio de la electricidad". Dicho partido de "la oposición" ganó las elecciones presidenciales, y el presidente anterior, el que había colocado "la primera piedra" de la presa hidroeléctrica, fue enjuiciado y acusado de malversar los fondos públicos y de enriquecimiento ilícito. Fue hallado culpable y puesto en prisión, en donde aún se encuentra, pagando su deuda con años en la cárcel.

El nuevo presidente, ahora del partido de "la oposición", anunció que él sí iba a completar la construcción de la presa hidroeléctrica y preparó una ceremonia idéntica a la que se realizó cuando el anterior presidente colocó "la primera piedra" de la presa. Y, como anteriormente, en el sitio de la presa se hicieron presentes el nuevo presidente de la república, sus nuevos ministros, los nuevos paleros o sobalevas que esperaban una tajadita del nuevo préstamo, embaucado de nuevo sobre las espaldas de nuestro pueblo; los nuevos representantes de la banca internacional que había otorgado el préstamo "a un bajo interés", los nuevos aplausos y "¡vivas!", etc., etc. La segunda ceremonia de colocación de "la primera piedra de la futura presa hidroeléctrica" terminó como la primera ceremonia: con la nunca rota esperanza de nuestras gentes de que "ahora sí, este nuevo presidente va a velar por los intereses del pueblo".

Pasaron varios meses y eventualmente se supo que, esta vez, el préstamo que el país había solicitado de la banca internacional para completar la presa ascendía a cuatrocientos millones de dólares. La sorpresa y desencanto de la población, al saberse la enorme suma de tal préstamo, se acallaron con la publicación de fotos mostrando muchos tractores y trabajadores ocupadísimos en la empresa de completar "una obra ejemplar que iba a favorecer a miles de familias salvadoreñas y que, en corto plazo, traería réditos al país, pues se podría exportar a países vecinos el exceso de electricidad que la presa iba a producir". Pero, como antes, pasaron muchos meses sin tener noticias de cómo iban avanzando los trabajos.

Empezaron a publicarse noticias alarmantes sobre la presa, noticias que incluían preguntas sobre el paradero de los cuatrocientos millones de dólares. Esto obligó a aquel nuevo gobierno a darle al pueblo las consabidas excusas del porqué los trabajos de la presa no avanzaban. Una de esas excusas era inverosímil y, aunque perversa, muy original, pero también cruel por su desfachatez: dijeron los representantes de aquel gobierno que "la presa no podía seguir construyéndose porque una de las montañas en donde se asentaba el cauce del río ¡se había movido de su sitio!" y había que esperarse a que la montaña volviese a su sitio original para poder continuar con los trabajos de construcción de la presa.

Aunque no pueda creerse, aparecieron "geólogos de gran reputación internacional" asegurando en las entrevistas de programas de la televisión que "sí era posible que un sismo subterráneo hubiera movido de su sitio a la montaña y que, en un futuro, otro sismo podría mover la montaña y volverla a poner en el sitio original que ocupaba anteriormente". Tal patraña no fue tragada ni por los pendejos de nuestro país, pero, como la impunidad de nuestros presidentes aún reinaba en el ámbito nacional y como el partido de "la oposición" había ganado la mayoría de los curules de la Asamblea Nacional del país, las protestas en contra de aquel robo descarado no llegaron a mucho y finalmente se perdieron en las páginas de la prensa y en el silencio de los programas televisivos.

Como antes, el período presidencial, de cinco años, llegó a su término para aquel segundo mentiroso, y ahora expresidente, que iba a cumplir su mandato sin darle cuentas a nadie de lo que él había hecho con los cuatrocientos millones de dólares. Al final de su período presidencial, este expresidente, ni corto ni perezoso, empacó sus tiliches personales, incluyendo una cipota de veinte años de edad, bailarina de un salón para adultos, a la cual nuestro expresidente ya tenía preñadita, y se escapó a un vecino país para no enfrentar preguntas que se le pudieran hacer sobre sus robos descarados.

A este segundo pequeño ratero le sucedió otro, del mismo partido de "la oposición" pero ahora en el poder, que enarbolaba la bandera de los desposeídos, los que ansían por tener algo que alivie su profunda pobreza, los que habían peleado junto a él por una patria más justa y que ya empezaban a sentirse defraudados y traicionados por una conducta de parte de sus representantes que era muy similar, o idéntica, a la conducta de "los corruptos de antes", los que habían sido derrotados en las últimas urnas electorales, conducta que reflejaba la codicia del hombre cuando llega a un puesto de poder: se olvida de los que lo elevaron a ese puesto y se dedica a satisfacer su egoísmo y al final termina robándole a su mismo pueblo, endeudándolo aún más y sumiéndolo en la abyecta miseria de los pueblos regidos por tiranos, dictadores, embaucadores, mentirosos y asesinos. Pues bien, nuestro tercer presidente había lanzado su candidatura prometiendo que él sí iba a terminar la construcción de la presa "como se debe".

La construcción de la presa llevaba ya como quince años de haberse iniciado y no se adivinaba cuándo se iba a completar tal construcción. El candidato a la siguiente presidencia del país, por el partido de "la oposición", aseguraba que él sí se comprometía a finalizar la construcción de la presa. En ese anuncio hecho a la prensa y la televisión del país, dicho candidato también mencionó que para completar la presa se iba a solicitar un préstamo de seiscientos millones de dólares "a un bajo porcentaje de interés", pero que era necesario hacerlo, pues la presa "iba a beneficiar a miles de familias salvadoreñas" y que él tenía "la obligación de traer el bienestar a su pueblo".

Como se esperaba, el candidato por el partido de "la oposición" ganó en las elecciones y se instaló como presidente de la república por un período de cinco años. Este señor había sido maestro de una escuela primaria y había experimentado los rigores de la pobreza, derivados de un salario de limosnero pagado para un trabajo de dedicación y nobleza pero nunca reconocido y bien recompensado por los patanes, arrogantes y mañosos que llegaban a ocupar los puestos de poder en nuestra patria. Este señor, ahora presidente de la nación, era en realidad ignorante y tenía una deficiencia mental obvia y alarmante; carecía de la capacidad para debatir temas importantes y de mínima altura intelectual; sus breves arengas producían en los oyentes el temor de que, en cualquier momento, él se iba a equivocar en la lectura del pre-escrito discurso y entrar en un callejón sin salida para su limitada preparación cultural. Bajo su mandato el país se hundió en un desesperante abismo de pobreza y terror por la falta de impulsos económicos y la presencia de maras criminales que asfixiaban con sus extorsiones o "rentas de la seguridad" a los comerciantes y a la población en general. El país llegó a ocupar el triste título de El País Más Peligroso del Mundo.

Para disminuir, o aliviar un poco, el concepto de ignorante que el pueblo tenía de aquel presidente, el Rector de la Universidad Nacional de El Salvador y el Consejo Universitario decidieron "después de una noche de parrandas", otorgar, "con toda justicia y después de un largo y exhaustivo examen de los hechos", el título de Doctor Honoris Causa al Señor Presidente de la República de El Salvador. Para demostrarle a la nación lo merecido de aquel título y la sabiduría del Señor Presidente, la Universidad se comprometió a hacerle al Señor Presidente un Examen de Agilidad Mental, el cual sería en público y antes de otorgarle el título.

Unos días antes del dichoso examen, profesores de la Universidad de El Salvador alertaron al Señor Presidente de cuál iba a ser la pregunta y que, por favor, se aprendiese de memoria la respuesta. Así fue y llegó el gran día de la ceremonia, la cual se celebró en el Auditorio de la Universidad. En el escenario de dicho Auditorio estaba nuestro Presidente erguido, calmado y con un gesto de distinción indiscutible. Enfrente de él estaba un micrófono alistado para tal ocasión.

El Auditorio estaba abarrotado de los invitados a la ceremonia. El Rector de la Universidad pidió un momento de silencio a los presentes, pues había llegado el momento de iniciar la Ceremonia del Doctoramiento del Señor Presidente, así como también el momento para hacerle la pregunta al Presidente y demostrarle al mundo la agilidad mental que Nuestro Excelentísimo Presidente poseía. Y vino la pregunta, que fue:

—¿Cuánto es dos más dos más dos menos dos?

Y el Señor Presidente contestó, con una sonrisa triunfal y el aplomo de los sabios:

— ¡Pues dos!

Después de lo cual toda la audiencia prorrumpió en aplausos ensordecedores, a lo que nuestro Presidente agradeció con una muy ancha y sublime sonrisa.

Después de aprobar el difícil examen de agilidad mental que la Universidad Nacional de El Salvador le había hecho al Señor Presidente con el objeto de demostrarle al mundo lo justo que se era en otorgar el título de Doctor Honoris Causa al "combatiente y abnegado prócer de los pobres y desvalidos de la nación", el Rector de la Universidad Nacional de El Salvador se dirigió a los presentes y a los medios de comunicación del país y terminó su efusiva perorata agradeciendo al mundo por el honor que él tenía, como Rector, por poder otorgarle al Señor Presidente el justo y merecido título de Doctor Honoris Causa.

A la ceremonia de doctorado del Señor Presidente asistieron varios embajadores y cónsules de países amigos, así como la lista completa de los Diputados en la Asamblea Nacional, el Rector de la Universidad Católica, dos obispos y una caterva de familiares y cheros del Señor Presidente. La ceremonia se inició con las notas magníficas de nuestro sentido Himno Nacional, interpretado por la Banda Nacional de nuestro glorioso ejército, lo cual trajo lágrimas a los ojos de nuestro Señor Presidente, pues él sólo se acordaba de menos de la mitad de la lírica del Himno Nacional. Al término del Himno, los miembros de la mesa que ocupaban el Rector y el Consejo Universitario permanecieron de pie y el Rector llamó al Señor Presidente para que se aproximase a ellos, lo cual el Señor Presidente hizo, con paso lento y distinguido. Momentos después le extendieron un pergamino de cuero de oveja en donde se atestiguaba del honor que la Universidad Nacional de

El Salvador otorgaba al Excelentísimo Señor Presidente de la República que aseguraba a todo aquel que leyese el pergamino que aquel Señor Presidente era reconocido desde aquel día y hasta el final de los tiempos como el Distinguido Doctor Honoris Causa de la Universidad Nacional de El Salvador. Inmediatamente después, el Rector le ayudó a ponerse una bata de color azul oscuro, adornada en sus bordes con una banda ancha de seda de color celeste y finalizaron el proceso al colocarle en su pequeña cabeza un bonete negro con una borla de color amarillo. Luego le indicaron que se sentara en una silla aterciopelada, colocada para tal efecto en el centro del escenario del Auditorio y, al hacerlo, la audiencia toda se puso en pie e irrumpió en gritos de:

—¡VIVA! —y estruendosos aplausos, al igual que en centenares de flashes de las innumerables cámaras y fotos que se tomaron de nuestro Ilustre Presidente.

Ese día, el galardonado Señor Presidente de El Salvador regresó a su casa y, con una cordial y ancha sonrisa, le declaró a su esposa:

—¡Pues fijate que ya soy Doctor, vos!

La corrupción de la justicia y el contubernio del gobierno con las maras eran evidentes. El desamparo y el desencanto de la población iba creciendo y las derrotas electorales del partido en el poder empezaron a minar la influencia de tal partido y a obligar a la población a poner sus ojos y sus esperanzas en algo o alguien diferente.

Ña Merceditas Tovar (Mercedes Tovar) había sido una acérrima partidaria del partido de "la oposición", pero su desilusión por tal partido llegó al máximo cuando se supo del anuncio que el candidato para presidente, por el tal partido de "la oposición", había hecho a la prensa y televisión del país, en donde expresaba su intención de solicitar un préstamo por seiscientos millones de dólares para "finalizar la construcción de la presa hidroeléctrica".

Merceditas supo que el tal candidato a la presidencia tenía planeado hacer campaña en el pueblo, para lo cual diseñó dos pancartas y planeó, con otros amigos de ella, apostarse en el kiosco del parque en donde iba a ser el mitin de la campaña, para así mostrarle al candidato las pancartas que aducían, en su verdad escrita, a la prolongada farsa que presidente tras presidente venía usando para enriquecerse vilmente de los préstamos que se embaucaban sobre las espaldas de nuestros ciudadanos y que tales préstamos no terminaban, jamás, en la construcción de la famosa presa hidroeléctrica.

Un sábado en la tarde llegó al pueblo la comitiva del partido de "la oposición" con su candidato para presidente de la república: nuestro maestro de escuela primaria, el que eventualmente ganó las elecciones para presidente de la república, el pobre ignorante que apenas sabía leer, el que sería el nuevo Doctor Honoris Causa de la Universidad Nacional de El Salvador, el que aprendería las picardías de sus antecesores, el que "iba a completar la presa hidroeléctrica" con un préstamo de seiscientos millones de dólares, el que iba a traicionar el cogollo del sentimiento y esperanza de los que pelearon junto a él y lo llevaron al poder, el que, a pesar de todo y contra todos, iba a colocar otra "primera piedra" para "completar la presa hidroeléctrica que iba a favorecer a miles de familias salvadoreñas", el que, al final, iba a entrar a nuestra historia como otro ladrón, otro pequeño egoísta y mañoso; otro que, al final de su período presidencial de cinco años iba a empacar sus tiliches personales y refugiarse en un vecino país para no responderle a su pueblo cualquier pregunta sobre sus robos descarados. Merceditas lo estaba esperando, parada en el kiosco del parque central del pueblo, con sus dos pancartas y con sus amigos, desilusionados como ella, porque adivinaban la patraña que el partido de "la oposición" y su candidato a la presidencia tenían entre manos.

El candidato empezó la lectura de su miserable arenga; Merceditas y sus amigos empezaron a gritar para llamar la atención de los presentes y la atención del candidato y su comitiva, todos los cuales se voltearon a ver hacia el sitio de donde venían los gritos y pudieron todos leer las pancartas que Merceditas había preparado y que expresaban la verdad y la tristeza de su alma.

El letrero de una de las pancartas leía:

¡YA NO MÁS FARSAS!

¡A OTRO CHUCHO CON ESE HUESO!

El letrero de la otra pancarta era más elocuente y leía:

¡YA NO MÁS PRIMERAS PIEDRAS!

FIN

Como se mencionó al principio, solamente en El Salvador una piedra común y corriente puede llegar a valer más que un diamante, pues, en la construcción de una presa hidroeléctrica, la primera ¨Primera Piedra¨ tuvo un valor de doscientos millones de dólares; la segunda "Primera Piedra" tuvo un valor de cuatrocientos millones de dólares; la tercera "Primera Piedra" tuvo un valor de seiscientos millones de dólares.

OTRO FIN

AÑORANZAS

Poemas para una juventud,
cuando éramos capaces de pelear,
pero también de perdonar.

(1960 a 1968)

"No llores más",
rogaron al poeta,
"has llorado ya tanto..."
"Mientras quede algo esclavo
no será mi alma libre";
contestó, entristecido.

Jorge Enrique Adoum

Piedra sola

Eres tú, Piedra Sola,
mordida por el tiempo,
donde anidan los días
tan continuos
con una huella honda
cuando se quedan lejos…
Piedra Sola es el hombre,
con tantos agujeros
en la frente,
escondrijo de insectos
y de flores:
le han hecho su perfil,
y bueno,
y malo,
y todo cambiará
menos tú,
Piedra Sola,
hasta que el viento venga
a quitarte de en medio
del camino,
cuando ya, Piedra Sola,
únicamente sirvas
para una tumba.

Preámbulo

Si todo es apenas el preámbulo
de una lucha más larga,
¿a qué pelear, entonces?
Si siempre han de haber los dos caminos,
dos incendios distintos,
dos bandos que se insultan y persiguen,
y el vencedor mata al vencido,
o lo hace esclavo,
o le corta la lengua
para que no enseñe a sus hijos el idioma
que pueda liberarlos;
si todo ha de ser una venganza interminable,
¿a qué pelear, entonces?
Yo no iré con vosotros,
turba enmohecida por el odio,
aquí me quedo,
solo,
esperando la resurrección de vuestras cenizas.

Seguid

Seguid, vamos, seguid,
cubrid vuestros rasguños
con una piel ajena
y deshacedlo todo.
Vais bien acompañados,
destripad al que se atreva a no adoraros
y deshacedlo todo,
aunque alguien no esté con vosotros
hasta la consumación de los siglos.

Inocencia

Nadie puede culparnos
por desangrar al aire la voz propia
en esta hora.
Nadie puede culparnos
si lo hacemos
por quedarnos vacíos…
A cada quien su sayal
y su risa,
su manta y su vestido,
su modo de morir.
A cada quien su surco
y su semilla,
su cosecha…

Renuncias

Una vez
empeñamos solamente la palabra
y nos fuimos
a rescatar el eco de los mártires,
y, como el salto
de los grandes payasos
fueron nuestras piruetas...
Época de consignas,
de madrugadas negras en la cárcel,
de juramentos íntimos que nos hicieron hombres
más presentes,
más dados al olvido
de nosotros,
al trabajo de ser,
de llevar en la bolsa una tarea,
salida a nuestro encuentro
como las suertes de los magos...

Último impulso

Erguido,
sin dolor en los huesos
o en el agua del cuerpo.
Solo,
herido desde siempre,
¡ya no recuerdo cuándo!
Decisión en los puños,
en el pelo
sucio,
alborotado…
Un niño que gritaba,
sin pan,
con frío en cada uno
de los poros,
por esas calles nuestras
tan iguales…
Desde entonces
encadené a mi sombra
la pelea;
desde entonces
ya no me siento solo…
¿Habrá que demostrar
la verdad de la boca,
con el paisaje diario

que se entra por los ojos?
¿Habría que traer
al déspota y tirano
y llevarle a su cara
nuestras hambres?
Antes,
hemos de recorrer este camino
bajo el polvo del sol,
bajo la lluvia muerta,
bajo las mismas cosas
miserables y nuestras...
Antes,
habrá que darlo todo
y llegar, sudorosos,
hasta el primer minuto
de pelea,
donde se quiebra todo,
hasta la tumba
y el paisaje diario...

Testimonio

En el momento nuestro
hay que plantarse
con una sola cara,
ser de un solo lugar
para dejar constancia
de voz propia:
quedarse con la novia en el recuerdo,
pisotear lo querido que nos une a lo fútil;
llevar lleno el atado
de regalos
a los que no hemos visto,
los que no conocemos,
y las manos vacías…

Adelante está el eco

Seguid el hilo de los antes,
que el después está cerca
y están ya muchos en la hora
señalada
y en la resurrección
de las palabras:
"Nuestro el siguiente paso,
el que ha de abrir la brecha
por donde entre a la vida
el campesino enfermo,
el paria y el mendigo,
el niño sin escuela,
el tísico poeta,
el tan buscado sueño…
Ni un paso atrás, hermano,
que está acotado el campo
de la siega,
nuestra siega;
se está estrechando el campo
de la lucha,
nuestra lucha.
Hoy, más que ayer, unidos,
hay que cerrar la puerta
para el miedo,

extender el oasis
de nuestro primer mártir,
que no termina el juego
con la primer derrota
y adelante está el eco.

Nuestro el siguiente paso
y hemos dejado atrás
las sepulturas…"

Quietud

Ronco
de gritar que no he sido,
que yo no soy culpable
del amor o del miedo,
del mentir o del vicio.
Me voy quedando solo,
débil
de levantar la voz hasta el cerebro
del que no quiere oírme
y que busca el silencio
de la vida sin quiebros.
Ya no importa gritar
ni levantar la voz que pesa tanto.
Voy a quedarme quieto
…¡ya!
que maten al mendigo,
al campesino enfermo,
al niño sin escuela
y al tísico poeta.
Voy a quedarme quieto
…¡ya!
con la ilusión a cuestas.

Osadía

Todo engendró la voz.
Todo nació de un grito
convertido en espuma.
No hemos andado aún lo suficiente
de aprender a morir
ni a callar lo bastante
nuestra vieja consigna:
"¡Seguid en la osadía,
que adelante está el eco!,
¡dejad aquí el ahora
y el tal vez y el posible!
¡Seguid en la osadía!,
¡adelante está el eco!"

Represalia

Hasta en la cara nuestra,
hasta en los ojos nuestros,
los insultos nos hieren;
y de estas manos nuestras
saldrá la represalia,
la represalia, sí, la represalia;
aunque se hayan prometido
mil disculpas,
aunque nos hayamos dado
tres golpes en el pecho
y jurado poner
la otra mejilla
al primer bofetón…
Todo eso está muy bien:
la represalia,
saber que somos fuertes
y que de nuestras manos
ha de salir, al fin,
la represalia…
y no quiero que olvides,

cuando la represalia salga,
que los otros también
tendrán ojos y cara;
y también tendrán manos,
como las manos nuestras…

¿Y bien?

¿Y bien?
¿Todo ha sido concluido?
¿Vuelve todo a empezar?
Por un momento apenas,
un aleteo fúnebre
empezó a dibujarse
sobre el mezquino enjambre
de la herencia avarienta;
por un momento apenas...
Todo ha vuelto a empezar,
no es nuestra aún la tierra
y sus semillas,
sus gusanos,
todo lo que peleó nuestro afán solidario,
pero el siguiente paso
es todo nuestro,
todo entero.
Nuestro es el himno de los vivos,
empuñad el altar de los caídos
y cantad la libertad a la pelea,
que aquí no llega nadie,
ni el oro del tirano,

ni la sangre ya reseca
de los nuestros…
Aquí no llega nadie
y nos está aguardando
la esperanza.

Palabras

Todo ha estado girando
dentro de un mismo sitio.
Lo que cambia es el hombre,
lo demás son matices
vistos por otros ojos:
Las piedras del castillo que ha incendiado
se usaron en la casa del mendigo,
la camisa del mártir fusilado
sirvió para el papel
donde escribió unos versos,
los versos servirán
para darle la vida
a otros versos…
Todo ha estado girando
sin que se diera cuenta.

y ahora
ya nada importa,
pero mañana, señor poeta,
mañana,
hay que empezar de nuevo.

Fuga

Fugarse es la palabra
que nos toca decir
a hurtadillas;
fugarse del turbión,
quedarnos en la orilla
para mirar la gleba cotidiana,
hermanos escapados de una razón de ser.
Fugarse a uno mismo
y encontrarse distinto a los demás.
Esto es lo que nos llama a decidirnos,
es el viejo llamado,
regenerar los corazones nuevos,
fugarse de las palmas abiertas
hasta el puño cerrado
en señal de saludo
a nuestra patria.

Apuestas

Se abre el salón,
la entrada
donde el albur entrona
su farsa, su codicia…
Mis cartas metafóricas:
hay que apostar la voz
al todo o nada;
y aquí están mi casa y mi esperanza,
también mi voz vacía y tartamuda,
también mi voz vacía.
Todo a una tirada.
No admitimos dinero
ni acertijos.
Aquí no van ni joyas ni palacios,
aquí se apuesta al miedo o al silencio,
al perdón o a la rabia.
Todo a una tirada:
¿qué apuestas tú, pordiosero?
Porque el engaño
no puede ya meter sus uñas;
aquí se juega al todo o a la nada,
se juega el hombre:
todo en un solo grito
o en un solo silencio.

Llegar

La partida fue lúgubre,
inmensos los presagios,
inolvidable el trino
del perplejo acontecer,
la talla
de lo enorme,
invencible,
nutrido por siglos de acechanza para vernos disueltos,
inmóviles,
sedientos por la espera.
Y partimos
con un solo saber,
con una sola nota
tallada en la discordia;
y dejamos
el despejado antaño,
las preseas acuáticas
de David Huerta y León Felipe,
el inmolado empeño
del aire
en seguir persistiendo,
en seguir declarando
aquel áspero paso de los trémulos,
de aquellos atraídos al ocaso,

al vestigio de luz que no aparece,
ni parece
que quizás ha de venir a enseñarnos
la nueva admiración a la justicia,
las nuevas muchedumbres,
y dejar desterrado
el insólito cristal de la tristeza.
Y lo dejamos todo.

Ya no estaremos solos,
llevaremos las ascuas del olvido
a su oscuro destino,
entraremos al ámbito oportuno
que nos prepara el tiempo,
la voz inerte de los sabios,
el empuje de oleajes esperados,
el roce misterioso que produce en el alma
la llegada.

POEMAS DE
LA AUSENCIA

I

Tu música…
es una sensación de distancia sin término;
hay demasiada gente en mi soledad si no escucho tu música.
Tu música…
es una sensación de distancia sin término;
es una sensación de eternidad sin principio,
sin final y sin límites.
Tu música en tu risa y en tu voz y en tu llanto…
¡Hay demasiada gente en mi soledad si no escucho tu música!
Mi soledad y tu música…
estuvieron cercanas en las noches sin luna,
caminaron cercanas en las noches con luna,
se miraron cercanas en el espejo del tiempo durante
/ tantas noches.
Mi sueño y tu música…
despertaba mi sueño para mirarte acaso;
tu música salía de todas las estrellas;
tu música salía de todos los silencios:
mi sueño te miraba,
te tocaba mi sueño…

Siempre estuviste lejos,
siempre estuviste lejos y ahora más que nunca;
los ojos de mi sueño no llegan a mirarte,
los dedos de mi sueño no llegan a tocarte...
¡Los ojos de mi sueño!
¡Los dedos de mi sueño!
¡Hay demasiada gente en mi soledad cuando no oigo
/ tu música!

II

Tu música
es una sensación de distancia sin término…
en tu voz y en tu risa,
en tu breve caminar
o en tu prisa.
Tu música en el leve
presagio de tus ojos
y en el suave
susurro de tus labios;
tu música en el viento
que enhebra tu cabello:
es una sensación de distancia sin término...
Tu música en el nombre
que se anega en el tiempo,
donde gira el recuerdo.
Es una sensación de distancia sin término:
en la tenue aventura de tus manos
o el augur que se anida en el pasado,
donde salta la nota
primordial de las odas
a encontrar su misterio,

su motivo,
y acompañar tu música,
que es una sensación de distancia
sin término…

III

Imagen escondida
en una sola voz;
siempre así,
tu voz vestida
toda,
desde antiguas cosechas:
tengo algo que olvidar
para los dos,
para tu voz. Campana.
Libélula ondulante. Risa. Espectro.
Nada.
Tengo algo que olvidar. Piel para el tacto.
Blanca de soledad. Soledad blanca.
Piel para el tacto. Para hacerse jirones.
Para el beso de un ángel.
Y tengo que olvidar, boca sagrada.
Inviolado papiro. Cáliz. Fruta.
Dice el nombre de Dios sin inmutarse,
hasta el fin, terminado.
Boca sagrada, sagrada,
con amor esculpida
hasta hacerla nacer.
Y aún de esa manera
habría que olvidar…

IV

Siempre que estás así,
sola,
callada,
pensando los asuntos de mañana;
siempre que te apersonas
en una sola lágrima
a la ventana blanca de tu cuarto,
se te acerca la noche
y te habla
de los sitios que aún no conocemos…
Juntas,
te lleva de la mano,
danzando,
a lugares extraños,
muy cerca de tu aliento,
limpiándote los ojos,
tocando tu cabello,
se te acerca la noche…
Te envuelve y tú la amas,
te nombra y le sonríes,
sonríes
después de que has llorado…
Te hipnotiza y te roba…
Vuelves

y no sabes de dónde,
enamorada de un segundo pasajero
que convirtió la lágrima en sonrisa…
Y
así,
sin más otro sonido
que el de tus suaves pasos,
regalo de tu ausencia
para mi joven alma,
cada noche te marchas…
Y yo te digo adiós
y no me miras…

V

Es esclavo del viento
que aprisiona su nombre
entre todas las noches
que jugará a alcanzarte,
y le hablará a tu oído
de un pobre tronco, herido;
lo escucharás, entonces,
aunque no estés conmigo;
volverá en un instante
a llenar la nostalgia
y volverá a sentirla,
aunque no esté conmigo.
Le mostrará a tus ojos
unos troncos escritos,
una estrella distante,
un triángulo perdido,
un firmamento
cual pájaro caído
cuando mueve sus alas
y siente dolor
al extenderlas;
o las líneas que saltan,
pródigas de mil sueños
detenidos.

Si pudieras oírle,
se abrirían los ecos
que han llenado su nombre,
necedad de decirlo,
pues no quiere perderse
y ha de esperar que salga
donde empieza aquel sueño,
el eterno recuerdo
que no quiere perderse,
aunque no esté su voz
donde empieza aquel sueño.

VI
Impersonal

Impersonal:
agitar las ideas,
buscar unas pupilas,
cuando a pesar de todo se tiene que seguir
y todo lo demás:
una calle con gentes
que cruzan y se miran,
el viento que susurra entre los pinos,
el río
que se aquieta mansamente…
Impersonal:
cual quimera de sueños desgarrados,
sin un llanto,
venero de esta angustia;
esas caras vacías,
caras mustias…
Impersonales,
como la fe que expira en esta arena,
como el adiós que esconde su añoranza.
¡Ah, si supieras!
el llegar de tu alma,
¡el óbito del ser de una tristeza!,

te necesita tanto.
¡Si supieras!
como la sal y el agua
a esta lágrima…

VII

Aprender a llamarte
Nostalgia
Lejana Sola
Sin ti Nada Nada
Huraña la palabra
Y todo
Necesaria
Hacia mí
A lo que toco
Sólo llamarte
Sólo eso
Sin que me oigas
Como antes
Habría que estrechar
El sabor de sentir algo
Y hay que dejarlo aquí
Preso
Sin nadie
Para que ya no vengas
Para que ya no vengas
Sola
Nostalgia

Para que ya no vengas
Habrá que hacer añicos
El último aliento
El último aliento

VIII
También yo tengo una saeta

Saliste de mi arco, saeta,
y te fuiste derecha, derecha,
al corazón de una estrella
León Felipe, en su honor

Mañana sí estará
Granado el corazón
Y el vientre concebido
Y la voz sola.
Todo para mañana
Y esta sombra cercana
Me ayudará a esperar.

IX

Canto
al insomne ritual de las horas perdidas
que nos deja un recuerdo,
que nos deja una noche
que acompaña a un adiós.
¡El eterno ritual de las horas perdidas!
Y cantan todas las cosas
que ya en el recuerdo vagan,
y pasan todas las cosas
que ya antes no pasaban,
y habrás de quedarte así,
el canto ritual, perdido
en toda el ansia de ser,
en el saber que tú has sido
la fortuna de un momento,
la sombra en un parque hundido
que se esfumó en el silencio:
el canto ritual, perdido…

X

Sombra de tardes y noches,
lenta y suave;
negra de alfombras y oro
y de lágrimas
y de nada,
¡ah, ausencia de sombra y nada!
Ausencia de seda y lirio
mece sus brazos dormidos,
ansias de estar solo y preso
más allá de lo que digo.
Toma esta lira de sueños,
esta chatarra de estrellas,
este encadenado hondero,
este resquicio de un todo.
Voy,
cálido de tu cuerpo,
a esperar el adiós en la esquina del tiempo,
donde una amiga aguarda tu arrugado vestido,
el que nunca has usado,
el que está más allá de tu cuerpo desnudo…
Lleva este manto de versos:
ese lugar es tan frío.

Aventuras en poesía

(1963 - 2022)

Adventures in Poetry

El genio: poema sin nombre (1963)

Dulce acanto de hiedra:
el Alma
que se adhiere a su cuerpo y al sonido
que nace de un suspiro,
de un suspiro del tiempo…
El tiempo es el vacío que se agrieta,
dando paso a los muertos
cuando se rompe el velo de la nada,
y el Alma es una gota de vacío
que se fuga, al impulso de la muerte,
a su oscuro retiro.
Inmóvil soledad de la criatura,
unida al tacto,
al tiempo y a la nada;
constreñida, voraz por su estatura,
que no alcanza a ceñir al Alma toda…
Desplegando sus alas, recortadas
por la esquirla del aire,
hostil a la palabra,
conduciendo el llamado de su insomnio
y estallando la vena que la nutre,
se pierde, muda,

encadenando el movimiento todo
a la bóveda oscura de la nada:
¡el movimiento Azul, el movimiento
que arranca de la calma
y con ella se esfuma!
El pulso que la mueve,
la piel que la contiene,
desangrando el altar de su prisión,
se filtra en una lágrima,
un borroso dolor que no se siente:
la mancha transparente de la Idea…
Al unísono vienen y se funden
en el instante loco del poema,
y así se quedan, quietas, hasta siempre,
Idea y Alma

Delirio

Tú me viste una vez…
Y así la busca
El saber que ya es suyo
Este delirio:
Buscar sus ojos verdes,
Engendrar un recuerdo,
Y el recuerdo en un verso,
Y el verso en esta noche,
Y en la noche sus ojos.
Tú me viste una vez
Y así te busca.

Imágenes

Imágenes, imágenes…
Sus ojos eran verdes;
por mil años pasaron
ante las cosas mías
sin poder encontrarla.
Imágenes, imágenes;
con la luz en sus ojos
apareció, al acaso,
en la esquina del tiempo:
se perdió en su mirada
aun antes de sentirla,
desde ahí hasta el ocaso
todo el color fue verde.
¡Criatura de ojos verdes!
El himno hubiera sido
que llegase a tu oído:
grandes voces salieron
de la esquina del tiempo,
la tarde que estuviste
contemplando el silencio
sin que de mí supieras,
sin que de mí llegara
el himno que escribiese
y alcanzase a tu oído.

¿Dónde estarás ahora…?
En el tiempo, perdido,
aún llega la caricia
que produce el sonido
del himno que compuse
para alcanzar tu oído.

Siempre ha de estar ahí

Siempre ha de estar ahí,
El "Si supieras",
El día venturoso
Que no puede encontrarse
Jamás en el horóscopo…
Es el signo aledaño
A lo que encierras,
Lo que anega el silencio
Donde el rumor no llega,
Donde ya no hay secretos…
Es el signo ya escrito,
El que se allega al ritmo
Donde pesan los siglos
Su insistencia;
El paso del ayer
Que nunca pasa,
Reflejo de la prisa
Carcomida por el tiempo.
Dejad lo cotidiano
En su querencia,
Dejad que llene el alma
La premura de ser,
O al menos de existir
En lo que no termina,

Lo que no puedes ver,
Lo que existe en el miedo
De un rato despertar
Y adivinar
El soplo irremediable
De la ausencia.

Viejo sol

¿Dónde acaba el susurro
de mis horas más claras?
Dilo tú, que has contado
las líneas de mis manos;
dilo tú, que conoces
que mis ojos no lloran;
dilo tú, que conoces
mis secretos mejores
y el paso has presenciado
de la muerte y la vida;
dilo tú, viejo sol,
¿dónde acaba el susurro
de mis horas más claras?

Tranquilidad

Buscar en muchas partes lo que nunca ha existido,
sentir inalcanzable lo que es ínfimo,
llenarme sólo yo de lo que es mío…
Y así, ante muchas cosas,
ante muchos recuerdos
y ante muchos olvidos:
yo soy el heresiarca entristecido,
yo soy el invasor de mis insomnios,
yo soy el ermitaño entre la gente,
y soy muchos cristianos
en el circo romano,
y soy muchos judíos en los guetos,
soportando las hambres y el desprecio…
Sin tregua, perseguido
por todas las ideas de mi siglo…
¡AZUL!
Sin llegar hasta ti, sólo mirarte,
conformarme tan sólo con que existes,
Azul de la nostalgia y de la fiebre;
Azul de soledad y del delirio;
sólo tú has conocido de una lágrima,
Azul de la tristeza y del martirio…
Nos encontramos juntos en la prisión etérea
que me inundó de espacios y de estrellas…

Seguir

Camino
nunca recto,
para mis manos hecho,
y así, para mis ojos,
trazado en un recodo
sobre la marcha hecho
sin flores ni arquitectos;
así es como te quiero,
camino, nunca recto;
donde sigue tu línea,
donde acaba,
ahí me llevarás
sin que yo diga nada,
camino;
hecho para mis fuerzas,
así es como te quiero:
nunca recto.

Ceguera

El amor es el alma del genio
y mi Dios es el Dios de los ciegos.
Hice todas las luces que los ciegos conocen
y una de esas luces originó las sombras;
y amo todas las luces
y amo todas las sombras:
amo los universos que mi luz no conoce,
también los horizontes que no empapa mi sangre
y aún al hombre mismo que asesinó a mi padre...
Pájaro, que sé que vuelas, loco
de color y de música,
como yo de soñar y soñar:
¡Pobrecitas las cosas que no pueden volar!
¡Pobrecitas las cosas que no empapa tu sangre!
Iremos juntos, pájaro,
yo también sé volar;
te cubriré los soles con mis alas de fénix
y un milenio de sombras entrarán por tus ojos;
no importarán las luces para ver el camino:
nuestro Dios es el Dios de los ciegos;
nuestro Dios es el Dios de los dioses.

El poema inédito
de las ideas escondidas

Del Hombre la bondad
abre las puertas,
que no su inteligencia
o su riqueza;
ahí empieza su alcurnia,
su nobleza,
la cual misma termina
en el monarca impío
y déspota y corrupto;
que así empaña su trono
en liviandad y en vicio;
el que ignora la historia
que promulgó la entrada
al despertar del Hombre
y el honor de la espada
que hizo más grande el mundo…
Ahí cupimos todos,
ahí cupimos todos,
aun los que soñasen
ser amos de una casa
pero no de un imperio,
el que regula el tiempo,

el caminar del mundo,
la esquela tempranera,
la luz del Universo…
Pues te lo digo yo:
"Por esta, que es mi raza,
ha de hablar el Espíritu";
y te lo digo hoy:
¡También soy español!

A.I.
(Artificial Intelligence)

Que no naces poeta,
que inspiración se hereda
desde el primer rugido
que inició este principio,
el caminar del hombre;
que el impulso que empuja
la creación, la idea
que termina en poema,
recoge su energía
del Universo mismo,
y no de una pared
con un enchufe eléctrico,
el que sin él no piensas,
no puedes, no calculas,
no adivinas el tino,
si es quebrada o camino;
ya que sin él terminas
aislada y vacía
en una oscura esquina.
Para esto se requiere
del talento que empieza
en el primer retumbo

de la mente cimera
que ideó los enchufes
que te dan movimiento:
sin él eres esparto,
sin sol y sin llovizna;
un metal convertido,
sin rumor, sin aliento,
sin ventaja en el paso,
la marcha a la victoria
o al fracaso.
¿Cómo puedes salir
del oscuro rincón
que ocupa tu existencia,
si no sientes dolor,
no abrigas esperanzas,
no conoces las letras
que componen los versos
donde el hombre refugia
su pasión, su ternura,
sus ansias infinitas,
su búsqueda y misterio,
partícipe en lo eterno
y halagador del sueño
donde ya no hay olvido?

This Day; This Night
October 1987

To my beautiful children

Between the now and the always
there is a path of light
that I want you to keep,
that I want you to know
and hide between your fingers,
and forge between your wishes,
like the sword of the conscience
that allows you to reap.
There is no more than silence
between the now and the always,
between your voice and mine;
yet, straight like the truth
it will fill your lone hours
and will tell you in its secret
that it gave you its sign.
Do not break, do not faint
at the reigns of a dream;
there is a path of light
that is not what it seems;

so, bring your sword, your sign:
Between the now and the always,
what is left is behind;
what is yours, at your side;
what is truth, in your tomb.

Negatividad

Página que aclara ciertas cosas para aquellos que se creen aludidos o mencionados en este libro.

Toda acción o situación descrita en esta obra es producto de la imaginación e inspiración del autor. Si tú eres un bienhechor que ayuda al débil y al pobre, que busca la justicia en los recodos de tu vida, te diré que la grandeza de tu nombre y de tu alma no caben en las páginas de este libro; déjame felicitarte y esperar que algún día pueda estrechar tu bondadosa mano.

Pero si eres un malhechor, abusador de los débiles, fácil de dejarse sobornar para torcer la ley en favor del que te compra, un ideador de patrañas para enriquecerte, un arrogante que ignora el clamor de los que sufren, entonces tú no mereces estar en la belleza escrita de este libro. Quédate en el rincón oscuro donde vives y si alguna vez puedes huir de tu cobardía, ponte una camisa nueva y empieza a caminar lo que tengas que caminar para disculparte con aquéllos a los que hiciste daño robándoles lo poco que tenían y no esperes que llegue a visitarte y estrechar tu malvada mano; aunque sí te he de agradecer el que, de casualidad, hayas leído esta obra.

Epílogo

El Doctor David Zajd, sabio de Argentina, Profesor de Medicina en el College of Medicine and Dentistry of New Jersey (CMDNJ), expresó, en un coloquio, una frase lapidaria: "El que entra como un ladrón en la vida o historia de un pueblo, se queda como un ladrón". Esta máxima se aplica a los tres expresidentes, anteriores al actual, de la República de El Salvador; tres pequeños ladrones, o mañosos, como se les llama en nuestro país.

Entre los tres saquearon de la pobreza nacional una inverosímil cantidad de dinero que se calcula alcanzó los dos mil millones de dólares (dos billones de dólares). Uno de los tres está en prisión, pagando su deuda por lo que realizó en contra del país. Los otros dos se refugiaron en un país vecino, adquiriendo o comprando tal nacionalidad. La presente y futura historia del país ha de escribirse, pero con un vacío, el que les corresponde a los años de gobierno de éstos "expresidentes". Porque es mejor tener ese vacío en nuestra historia que llenarlo con nombres de corruptos gobernantes que mostraron ser capaces de sumirse en lo profundo del crimen más abyecto que se pueda ejecutar en contra de un pueblo: "No hay nada más bajo, nefasto y cruel que robarle a un pueblo pobre".

Pero estos "expresidentes" sí le robaron a un pueblo pobre. Entonces, los dos que se fugaron que se queden allá lejos con sus sonrisitas sarcásticas y su dinerito, pero sin poder aspirar el aroma de la patria, pero sin poder decir que fueron capaces de construir un camino de prosperidad para nuestras gentes. Porque de hoy en adelante y hasta el final de los días, el país ha de basar sus pasos sobre los cimientos de la Verdad. Solamente la Verdad.

Renato Bettio

Acerca del Autor

El Dr. Roberto Arévalo Araujo MD, FACP (Renato Bettio), nació en El Salvador. Al terminar su bachillerato fue a México a continuar sus estudios y se graduó como Médico y Cirujano de la Facultad de Medicina de la UNAM, en el Distrito Federal, en 1970. Luego hizo tres años de Medicina Interna en el Oakwood Hospital (Dearborn, MI) y en el Colegio de Medicina y Dentistería de New Jersey (CMDNJ). Prosiguió, por tres años más, sus estudios en la Subespecialidad de Hematología y Oncología Médica, en el mismo CMDNJ. Está certificado (Board Certified) en Medicina Interna, al igual que en Hematología y en Oncología Médica.

Es *Fellow* del Colegio Americano de Médicos (FACP). Es fundador del Centro de Cáncer y Hematología del Condado de Pasco y Pinellas, en Florida, USA, centro que incluye radioterapia y quimo-inmunoterapia. Es Fundador de la Medical Mission of Mercy/Medical Mission

International, que tiene el objetivo de llevar, gratuitamente, ayuda quirúrgica, oftalmológica y médica a los pacientes indigentes del este de El Salvador, labor que fue reconocida por el Congreso de El Salvador y fue nominada, en el año 2002, para el Premio Nobel de la Paz en favor de la Misión Médica (Mission of Mercy).

Ahora ofrece para ti, lector querido, un poco de la inspiración que abriga en su alma, narrando historias sobre la impunidad y miseria que afectan a, y transcurren en, las vidas de compatriotas centroamericanos. Pero también se adscribe a la perceptible fe de los pobres, los de siempre, en los que el apego a la vida no se apaga; en los que, a pesar del sufrimiento, su filosofía de vida les indica que, a pesar de todo, es mejor estar aquí.

www.ingramcontent.com/pod-product-compliance
Lightning Source LLC
Chambersburg PA
CBHW071829020726
47502CB00004B/1293